長編小説

おうちに未亡人

葉月奏太

竹書房文庫

目次

この作品は竹書房文庫のために
書き下ろされたものです。

第一章　未亡人との新生活

1

五月のとある日曜日、松田俊也《まつだとしや》はリビングのソファに寝転がり、テレビをぼんやり眺めていた。

俊也は東京に本社がある中堅商社に勤務している商社マンだ。この春で入社四年目を迎えて、仕事はとりあえず順調にこなしている。営業成績は中の下という感じなので、まずまずといったところだろう。

先月の誕生日で二十六歳になったが、今のところ恋人はいない。大学時代に交際していた彼女は、卒業して離ればなれになったことで別れてしまった。

恋人がほしいと思う気持ちはある。しかし、出会いが少ないにもかかわらず、積極的に動くことはない。休日になるとだらけてしまって、部屋でごろごろしていることが多かった。

俊也はずっと実家のマンション暮らしだ。

ひとり暮らしをしたいと思っていたが、大学は実家から通える距離で、会社もそれほど離れていない。そんなわけで、実家暮らしがつづいていたが、ひょんなことからひとり暮らしが実現した。

信用金庫に務めている父親が、新しい支店を応援するため、半年の予定で出張することになったのだ。以前、父親は心臓の病気を患って入院したことがあるので、母親が心配して同行した。

そういうわけで、はじめてのひとり暮らしを謳歌《おうか》している。

最初こそ食事の準備や掃除、洗濯などでとまどったが、父親が出張して一か月が経ち、なんとか慣れてきたところだ。

とにかく、なにをするのも自由なのが最高だ。

しかし、今日はいつまでもだらけているわけにはいかない。父親の弟の娘、つまり従姉が来ることになっているのだ。

先日、出張中の父親から電話があった。

千葉県に住んでいる従姉の川島友理奈《かわしまゆりな》が、都内のレストランで働くことになったらしい。友人ふたりが共同でレストランをはじめるので、そこのシェフをやらないかと誘われたという。そこで、物件探しや内装の相談などの出店に向けた準備、さらには友理奈の住居を見つけるために、一か月ほど滞在することになったのだ。

「急に言われても困るよ」

俊也はひとり暮らしを謳歌していたので反発した。ところが、父親はもう友理奈に返事をしたあとだった。

「昔、よく遊んでもらっただろ」

「そうだけどさ……」

確かに遊んでもらった記憶はあるが、俊也が小さいころの話だ。それに最近は疎遠になっており、しばらく会っていなかった。

「友理奈ちゃんなら構わないだろ。必死に立ち直ろうとしてるんだ」

それを言われると、強く拒絶できなくなる。

じつは、友理奈は夫を不慮の事故で亡くしているのだ。悲しみから立ち直ろうとしているのなら、突っぱねるのは悪い気がした。

もうすぐ、夫の三回忌を迎えるころだ。

友理奈は千葉県の外房《そとぼう》に住んでおり、夫婦でレストランを経営していた。順調だと聞いていたが、夫がダンプカーに撥《は》ねられて亡くなった。友理奈はすっかり気落ちして、レストランは休業がつづいていた。

夫を亡くしたことで働く気力を失ってしまったらしい。子供もいないため、よけいに落ちこんでしまったのだろう。今は貯金と保険金で暮らしているようだが、ずっと引きこもっているわけにもいかないはずだ。

「従姉なんだから協力してやれよ」

父親からすれば友理奈は姪になる。立ち直るきっかけを模索している姪に、手を貸したいと思うのは当然のことだ。

「わかったよ」

結局、押しきられる形で了承した。

今日の夕方、友理奈が来ることになっている。自由気ままなひとり暮らしは、残念ながら、いったん中断しなければならない。友理奈の滞在は一か月ほどの予定なので我慢するしかなかった。

(それにしても……)

ソファに寝転がったまま、天井を見つめてふと思う。

従姉とはいえ、ひとつ屋根の下で女性とふたりで生活するのだ。父親は勝手に決めてしまったが、よくよく考えると緊張する。

友理奈は七つ年上なので三十三歳になっているはずだ。

未亡人とはいえ、まだまだ若い。清楚でやさしい印象だったが、今はどんな感じになっているだろうか。

最後に会ったのは、夫の葬儀の日だから約二年前だ。そのときの友理奈は泣き崩れており、とてもではないが話しかけられる状況ではなく、ちゃんと顔を合わせることはなかった。まともに会話をしたのは、何年前だろうか。正月か法事のときだと思うが、ずいぶん前のことだった。

（やつれてなければいいけど……）

頭の片隅を不安がよぎる。

なにしろ、夫を亡くしてずっと落ちこんでいたのだ。雰囲気がすっかり変わっている可能性もある。重苦しい空気をまとっていたら、こちらまで暗い気持ちになりそうだ。いずれにせよ、気を使う生活になるのは間違いない。

そんなことをぼんやり考えていると、インターホンのチャイムが鳴った。

はっとして手もとのスマホで時間を確認する。まだ午後二時をすぎたところだ。夕方という話だったが、もう友理奈が来たのだろうか。

とにかくソファから起きあがり、壁に設置されているインターホンのパネルに歩み寄る。すると、液晶画面に見覚えのある女性が映っていた。

（友理奈さんだ……）

思わず画面のなかの友理奈をまじまじと見つめる。

やつれているどころか、むしろ昔よりきれいになっていた。俊也の心配は、まったくの杞憂《きゆう》に終わった。

そうなると、別のことが気になってしまう。

返事をする前に、自分の身なりをさっと確認する。グレーのスウェットパンツに長袖のTシャツという服装だ。いつもの部屋着だが、もう少しきちんとしたほうがいいだろうか。

さらに部屋を見まわすと、ローテーブルの上にカップラーメンの空き容器や空のペットボトルが置きっぱなしになっていた。急いで片づけようとしたとき、再びインターホンのチャイムが鳴った。

「は、はいっ」

待たせるのも悪いと思って、通話ボタンを押して返事をする。

「友理奈です。少し早いですけど、大丈夫ですか？」

穏やかな声を聞いて昔の記憶がよみがえる。

友理奈は心やさしい従姉のお姉さんで、お絵かきやトランプなどをして遊んでもらうのが楽しかった。思い返せば、幼いながらもあれが初恋だったのかもしれない。今となっては甘酸っぱい思い出だ。

「大丈夫です。どうぞ」

俊也は緊張ぎみに返事をすると、解錠ボタンを押した。

これで集合玄関の自動ドアが開く。友理奈はマンション内に入ってエレベーターに乗り、松田家がある四階まであがってくるはずだ。

今のうちに大急ぎでローテーブルの上を片づける。そして、スウェットパンツからジーンズに履きかえようと思うが、再びインターホンのチャイムが鳴り響いた。もう着がえている時間はなかった。

「は、はいっ」

すぐ玄関に向かうとドアを開ける。

友理奈が柔らかい笑みを浮かべて立っていた。白いブラウスにダークブラウンのフレアスカートという服装だ。傍《かたわ》らには長期滞在用の荷物がつまっていると思われるスーツケースが置いてあった。

「こんにちは。トシくん、久しぶりね」

友理奈はそう言って、懐かしげに俊也の顔を見つめる。

柔らかい声音が耳に心地いい。艶々《つやつや》した黒髪とやさしげな表情に視線が吸い寄せられて、俊也は思わず言葉を失った。

（こんなにきれいになってたんだ……）

昔から整った顔立ちをしていたが、さらに磨きがかかった気がする。

全身から暗さが滲《にじ》み出ているのでは、と想像していた。ところが、実際は美しさが際立っており、とても未亡人には見えなかった。

「無理を言って、ごめんなさい。一か月、よろしくお願いします」

友理奈はあらたまった口調で言うと、腰を深々と折って頭をさげた。

「い、いえ、そんな……」

思いのほか丁寧に挨拶されて困惑してしまう。

やはり、友理奈の胸には特別な思いがあるらしい。夫を亡くしてから、すっかり塞ぎこんでいたので、こうして東京に出てくること自体、かなりの勇気が必要だったのではないか。

「こちらこそ、よろしくお願いします」

俊也は背すじを伸ばすと、彼女と同じように頭をさげた。

硬い挨拶を交わしたことで、なおさら緊張感が高まってしまう。そもそも、こんなに早く来ると思っていなかったため、心の準備ができていなかった。

「とにかく入ってください」

俊也は声をかけながら、サンダルをつっかけて外廊下に出る。そして、スーツケースを持つと、彼女を室内へとうながした。

「ありがとう。大人になったのね」

友理奈がしみじみとつぶやいて目を細める。

視線が重なり照れくさくなる。俊也は動揺を押し隠して背中を向けると、スーツケースを玄関に置いて廊下を歩いた。

「こっちです。どうぞ」

ふたりでリビングに入ると、友理奈にソファを勧める。そして、俊也はキッチンに向かった。

「紅茶でいいですか」

やかんを火にかけながら声をかける。

棚からカップとソーサー、それに紅茶のティーバッグをバタバタと取り出す。ふだんはインスタントコーヒーを飲むことが多いが、なんとなく彼女は紅茶のほうが合っていると思った。

「気を使わなくていいのよ。そういうことは、わたしがやるから」

友理奈はソファに座らず、対面キッチンごしに話しかけてくる。

「いやいや、いいんですよ。友理奈さんは家政婦じゃないんだから」

「でも、一か月もお世話になるんだから、せめて家事はわたしにやらせてもらえないかしら」

友理奈は頑として引こうとしなかった。

どうやら、彼女も気を使っているらしい。自分が滞在することで、俊也に迷惑をかけると思っているようだ。

「とりあえず、今は座ってください。お疲れでしょう？」

まだ到着したばかりだ。俊也も引かずに言葉をかけると、友理奈はようやくソファに腰をおろした。

（意外に頑固だな……）

心のなかでつぶやき、友理奈の背中をチラリと見やった。

清楚で穏やかなイメージだが、芯はしっかりとおっている。たとえ親戚でも、おんぶに抱っこというわけにはいかないのだろう。

そもそも、友理奈がこの家に滞在することになったのは、父親同士の会話がきっかけだったと聞いている。

俊也の父親が叔父と電話をしていて、友理奈が東京のレストランで働くという話を耳にした。準備で千葉と東京を何度も往復することになるので、それならうちに滞在すればいいと提案したらしい。

友理奈は感謝しつつも、申しわけないと思っているのではないか。先ほどのやり取りからしても、そんな気がしてならない。

（それなら……）

なんとかリラックスしてもらいたい。一か月もいっしょに生活するのだから、彼女が恐縮していると、俊也も落ち着かなかった。

トレーにティーカップをふたつ載せて運んでいく。ローテーブルに置くと、俊也は三人がけのソファの端に腰かけた。友理奈は反対側の端に座っているので、不自然に離れている感じがした。

「俺ひとりなんだから気を使わなくていいですよ。自宅だと思ってください。うちの物は、なんでも勝手に使っていいですから」

「お邪魔しているのに、そういうわけにはいかないわ」

友理奈はとまどいの表情を浮かべるが、俊也は即座に首を左右に振った。

「そんなに構えていたら、疲れちゃいますよ。どうせ、親父が強引に決めたことなんでしょう」

「それは……」

友理奈は口ごもって視線をそらした。

どうやら図星らしい。父親としてはよかれと思って提案したことだが、友理奈は気を使っている。断るのも悪いと思って、滞在することを決めたのではないか。

「やっぱりそうでしたか。なんか、すみません。親父、ときどき空気を読めないときがあるから……」

「でも、助かるわ。打ち合わせとかいろいろあるから、千葉から通うのは大変だと思っていたの」

友理奈は一転して微笑を浮かべる。俊也が気にしないように、そう言ってくれたのだろう。

（やっぱり、やさしいな……）

胸の奥がほっこり暖かくなった。

いろいろ大変だったと思うが、中身はなにも変わっていない。昔の心やさしい友理奈のままだった。

「おいしい……」

友理奈が紅茶をひと口飲んでつぶやいた。

なにか話しかけようと思うが、夫のことを想起させる話題は避けたい。そう考えると、慎重になりすぎて、なにも浮かばなくなってしまう。その結果、妙な沈黙がつづいて、なおさら気まずくなった。

「もうすぐ、夫の三回忌なの」

先に友理奈が口を開いた。

しかも、俊也が避けていた夫の話題を切り出した。また気を使わせてしまったのかもしれない。俊也がなにも訊《き》かないから、触れたくない話題をあえて自分から口にしたのではないか。

悪いことをしたと反省するが、友理奈は平静を装って語り出す。

「夫とやっていたお店は休業しているのは聞いてるでしょ」

「なんとなくは……」

俊也が遠慮がちに答えると、友理奈は静かにうなずいた。

「毎日、ぼんやり過ごしていたの。そうしたら、大学時代の友達が心配して、レストランでシェフをやらないかって……」

大学時代の友人ふたりが、共同でレストランを開業する予定だという。

今は出店に向けた準備を整えているところだ。そこのシェフを探していて、友理奈の名前が挙がったらしい。夫婦でレストランを経営していたので経験は充分だ。なにより、友達は引きこもっている友理奈を心配していた。

「外に出て働けば、気分が変わるかもしれないよって言われて……でも、つづける自信がないから断ろうとしたの。だって、すぐに辞めたら迷惑がかかるでしょう。そうしたら、それでもいいって言ってくれて……」

「いいお友達ですね」

俊也は本心からつぶやいた。

持つべきものは友とよく言うが、まさにそのとおりだ。自分にはそんな友達がいるだろうか。人とのつながりは大切にしなければいけないと心から思った。

「うん……だから、気持ちを吹っ切るために、がんばってみようと思ったの」

友理奈は瞳を潤ませて微笑んだ。

悲しみを乗りこえて、前に進もうとしている。夫の三回忌という節目も、友理奈をあと押ししているのかもしれない。心機一転、立ち直ろうとしてる友理奈を応援したくなった。

2

翌日の月曜日、俊也が会社から帰って玄関ドアを開けると、味噌汁のいい匂いが漂っていた。

(あれ……もしかして?)

疑問に感じたのは一瞬だけで、すぐに期待が胸にこみあげる。

逸る気持ちを抑えて廊下を進む。そして、リビングのドアをゆっくり開けると、対面キッチンに視線を向けた。

「あっ、トシくん、お帰りなさい」

友理奈が満面の笑みで迎えてくれる。

「ただいま……」

俊也もつられて笑顔になった。

胸当てのある赤いエプロンをつけて、菜箸《さいばし》を手にしている。料理を作っているのは間違いない。

「もしかして、晩ご飯ですか」

「お腹、空いてるでしょう？」

「空いてるけど……そんなことしなくていいですよ」

本心はうれしいが、友理奈に無理をさせたくない気持ちもあった。

「今日は時間があったから。毎日、作るわけじゃないから気にしないでね」

「でも、大変じゃないですか？」

「どうせ自分のぶんは作るんだから、そんなに変わらないわ」

友理奈はそう言って鍋のなかをのぞきこむ。なにやら楽しそうなので、よけいなことは言わないほうがいい気がした。

「もうすぐ、できるわよ。手を洗ってきて」

「は、はいっ」

俊也は急いで手を洗うと、スーツからいつものスウェットパンツと長袖Tシャツに着がえてリビングに戻った。

すでに食卓には料理が並んでいる。ブリ大根に卵焼き、ほうれん草のおひたし、それに味噌汁と白いご飯だ。俊也には作ることができない料理を前にして、一気にテンションがあがった。

「すごいじゃないですか」

「たいしたことないわ。これでも、レストランで料理を作っていたのよ」

友理奈は冗談めかして言うと、席につくようにうながした。

「冷めないうちに食べましょう」

「はい。では、いただきます」

向かい合って座り、さっそく箸を手にして食べはじめる。

ブリ大根は味がしっかり染みていて、じつにうまい。卵焼きは中心部がトロッとしている俊也の好きなタイプだ。ほうれん草のおひたしも味噌汁も、とにかく味加減が絶妙だった。

「じつは最近、簡単なものしか作ってなかったの。久しぶりだから心配だわ……どうかな？」

友理奈が心配そうに尋ねる。俊也の顔をじっと見つめて、料理を食べた感想を待っていた。

「すごくうまいです」

思わず唸るほどの味わいだ。

シェフなのだから料理が上手なのは当たり前かもしれないが、手料理ならではの温かみがある。冷凍食品や弁当では得られない満足感があった。

「ゆっくり食べてね。お代わりもあるから」

「こんなにおいしいのに、ゆっくり食べることなんてできませんよ」

味わって食べたいと思うが、ついつい箸が進んでしまう。これほどうまい料理を食べるのは久しぶりだった。

「ふふっ、おおげさね」

友理奈は楽しげに俊也が食べる姿を眺めている。

「誰かがいっしょにいると、それだけでおいしく感じるわ」

しみじみとした言葉だった。

それを聞いた瞬間、はっとする。ようやく友理奈の気持ちがわかり、胸の奥が微かに痛んだ。

夫が亡くなってから、誰かと食卓を囲むことはなかったのだろう。食べてくれる人がいないので、料理もあまり作っていなかったのではないか。俊也を眺めているだけでも楽しそうだった。

「ごちそうさまでした。本当にうまかったです」

「お粗末さまでした。お口に合ったみたいでよかったわ。時間があるときは、また作るわね」

「ぜひお願いします」

力強く返事をすると、友理奈はうれしそうに微笑んだ。

レストランの開業に向けた打ち合わせがあるときは、遅くなる日もあるらしい。そういうときは、これまでどおり自分で適当に済ませることになる。それでも、友理奈の手料理が食べられる日もあると思うとうれしかった。

「洗いものは俺がやりますよ」

「いいから座ってテレビでも見ていて。お茶を入れるから」

「そこまでしてもらわなくても……」

「わたしがやりたいの。いいでしょ？」

友理奈の言葉に切実なものを感じる。

きっと誰かの世話をすることが楽しいのだろう。もしかしたら、幸せだった夫婦生活を思い出しているのかもしれない。それを思うと、友理奈にまかせるのがいちばんだと思った。

「じゃあ、お願いします」

俊也はソファに腰かけて、リモコンでテレビをつけた。

とくに観たいものがあるわけではない。適当にチャンネルを変えながら、ぼんやり眺めていた。

ニュース、ドラマ、バラエティ番組など、とくに興味を引くものはない。なんとなく、チャンネルをドラマに合わせて、そのままソファの背もたれに寄りかかる。おいしい晩ご飯に満足したことで眠くなってきた。

背後の対面キッチンで友理奈が洗いものをしている音も、平和な感じがして眠気を誘った。

（あっ……）

ふと目を開けると、隣に友理奈が座っていた。

どうやら、眠ってしまったらしい。友理奈はすでに洗いものを終えたらしく、ローテーブルにはティーカップが置いてある。紅茶から湯気が立ちのぼっているので、それほど時間は経っていないようだ。

——お腹がいっぱいになって寝ちゃいましたよ。

軽く声をかけようとして躊躇《ちゅうちょ》する。

友理奈の瞳が涙で潤んでいた。視線はテレビの画面に向けられている。まだドラマが流れており、仏壇の前で喪服姿の女性が泣き崩れている場面だ。

『あなた、どうしてわたしを残して死んでしまったの……』

悲痛な言葉が胸に響く。

涙で頬を濡らす姿が痛々しい。設定はまったくわからないが、夫を亡くした女性の悲哀が滲んでいた。

「うっ……」

テレビを観ていた友理奈の目から、ついに涙が溢れ出す。

両手で口もとを覆って、肩を小刻みに震わせている。真珠のように美しい涙が、頬を伝って流れ落ちた。

「友理奈さん……大丈夫ですか」

迷ったすえに声をかける。

ドラマのなかの未亡人を、自分に重ねてしまったのかもしれない。こらえきれないといった感じで嗚咽《おえつ》を漏《も》らしていた。

「この人の旦那さん……事故で亡くなってしまったんですって」

友理奈はテレビを見つめたまま、ぽつりとつぶやく。

夫を亡くした悲しみから、まだ立ち直れていないのだろう。悲痛な表情を見ていると、そんな気がしてならない。ふだんは元気に振る舞っているが、もしかしたら無理をしているのだろうか。

「かわいそうだわ……」

完全にドラマの世界に入りこんでいる。自分と境遇が似ているので、より感情移入してしまうのだろう。

「こ、これは、ドラマですから」

俊也は困惑しながら語りかける。

これ以上、友理奈の泣く姿を見たくない。よけいなことだと思いつつ、横から口を挟んだ。

「そうよね……ごめんなさい、わかっているんだけど……」

友理奈は指先で涙を拭うと、泣きながら無理に笑みを浮かべる。そして、恥ずかしげに肩をすくめた。

「やっぱりダメね。こういうの観ると涙が出ちゃうの」

「俺も無神経でした。すみません」

申しわけないことをしたと思って頭をさげる。ドラマの内容を確認しないまま寝てしまったのは失敗だった。

「トシくんは悪くないわ……うん、メソメソしていたらダメね」

友理奈はリモコンを手にすると、チャンネルをバラエティ番組に変えた。

芸人のコントを見て、笑みを浮かべる。しかし、瞳はまだ涙で潤んでいた。きっと胸のうちでは悲しんでいるのだろう。無理をしているのがわかるから、なんとかしてあげたいと心から思った。

3

友理奈が来てから五日が経っていた。

最初は快適なひとり暮らしを中断することがいやだった。ところが、今は友理奈が来てくれてよかったと思っている。

仕事を終えて、自宅に帰るのが楽しみでならない。これまではコンビニに寄って弁当を買ったり、牛丼やラーメンを食べてから帰っていた。だが、今はどこにも寄らずにまっすぐ帰っている。

友理奈はレストランの開業準備があるので忙しい。昼間は物件探しや打ち合わせで出かけているようだ。それでも、今のところ夜は俊也より前に帰っている。そして、いつも晩ご飯を作って、待っていてくれるのだ。

今日も俊也は急いで帰った。

玄関ドアの前に立つと、どうしても期待がふくらんでしまう。手料理がおいしいのもあるが、友理奈がいること自体がうれしかった。

玄関ドアを開けると、香ばしい匂いが鼻腔をくすぐる。どうやら、今夜も晩ご飯を作ってくれたらしい。

（やった……）

思わず笑みを浮かべながら、急いでリビングに向かう。

「ただいま」

ドアを開けると、やはり友理奈は対面キッチンに立っていた。

「おかえりなさい」

いつものように柔らかい笑みで迎えてくれる。

赤いエプロンをつけた姿が家庭的で、つい結婚生活を妄想してしまう。友理奈と結婚すれば、毎日このエプロン姿を見ることができるのだ。

「どうかしたの？」

友理奈が首をかしげて尋ねる。

「な、なんでもないです」

ぼんやり見つめていたことに気づいて、顔が急激に熱くなるのを自覚する。鏡を見なくても赤面しているのは間違いない。

「手を洗ってきます」

背中を向けると、逃げるようにリビングをあとにする。そして、廊下を歩きながら小さく息を吐き出した。

（なにバカなこと考えてるんだ……）

心のなかで自分を叱責する。彼女との日々が楽しすぎるあまり、ついおかしな妄想をしてしまった。

友理奈は七つ年上の従姉だ。しかも、若くして未亡人になり、いまだに深い悲しみを抱えている。再婚など考えられる状態ではなく、ましてや相手が俊也などあり得なかった。

手を洗って楽な服に着がえると、急いでリビングに戻る。

今夜のメニューは鶏肉の唐揚げだ。美しいキツネ色でいい香りが漂っている。つけ合わせの千切りキャベツは糸のように細くて、まるで機械で切ったようだ。それだけでも、彼女の技術の高さがひと目でわかる。

「すごいな。今日もうまそうですね」

匂いが食欲をそそり、口のなかに唾《つば》が溢れた。

「時間がなかったから簡単なものなの」

友理奈はそう言って、恥ずかしげな笑みを浮かべる。

今日は友達と不動産屋をまわり、帰りが遅くなったという。それでも手料理を作ってくれたことがうれしかった。

向かい合って座り、さっそく食べはじめる。

友理奈はただ油で揚げるだけだからと謙遜《けんそん》していたが、思いのほか手がこんだものだった。鶏肉を揚げる前に特製の醤油ダレに漬けこんであるという。その甘辛い味つけが抜群で、しかも鶏肉がジューシーでじつにうまかった。

「ごちそうさまでした。おいしかったです」

一気に食べ終えると、満足して箸を置く。今夜の手料理も最高だった。

「トシくんはなんでもおいしいって言ってくれるから、作りがいがあるわ」

友理奈がうれしそうに笑ってくれる。

俊也は照れくさくなり、慌てて視線をそらした。そのとき、たまたま彼女の胸もとが視界に入った。白いブラウスが張りつめて、今にもボタンが弾《はじ》け飛びそうになっていた。

（すごいな……）

思わず言葉を失って凝視する。

ブラジャーのラインがうっすら浮かんでおり、レース模様まで透けて見えた。無意識のうちに乳房を想像して、股間がズクリと疼《うず》いた。

「急に黙りこんで、どうしたの？」

友理奈の声ではっと我に返る。

（ど、どこを見てるんだ……）

心のなかで自分を戒《いまし》めると、慌てて席を立つ。

ペニスがふくらみはじめており、焦りが胸にひろがっている。これ以上、友理奈の前にはいられなかった。

「風呂に入ってきます」

「お茶はいいの？」

「うん、今日はいいです」

せっかくお茶を勧めてくれたが、スウェットパンツの前が盛りあがっている。こうなってしまったら、ひと目で勃起しているとわかってしまう。俊也は振り返ることなく、そそくさとリビングをあとにした。

4

翌日は朝から曇っていた。

日中はなんとか持っていたが、夕方になって雨がポツポツ降り出した。退社するころには、いよいよ本降りになっていた。

俊也は折りたたみ傘を会社に置いていたので助かった。

自宅に戻ると、明かりはついているが友理奈の姿が見当たらない。トイレにでも入っているのだろうか。

（友理奈さんも、帰ってきたばっかりかもしれないな）

今夜はめずらしく料理の匂いがしなかった。

忙しくて帰りが遅くなったのではないか。リビングのなかを見まわすと、カーテンレールに洗濯物が吊るしてあった。

友理奈は食事の支度だけではなく、洗濯もしてくれる。

申しわけないと思うが、誰かのために家事をするのが楽しいらしい。きっと幸せだった夫婦生活を回想しているのだろう。そう思うと、断るのも違う気がしてお願いしていた。

それにしても、目につくところに洗濯物があるのはめずらしい。室内干しするときも、いつもは隣の和室に吊るしてあった。雨の降りかたが強くなっているので、ベランダに干してあったのを慌てて取りこんだのかもしれない。

（あっ……）

そのとき、吊るされた洗濯物のなかの小さな布地が目に入った。

歩み寄ってまじまじと見つめる。靴下やボクサーブリーフにまざって、ピンク色の薄い生地が洗濯バサミで摘《つ》まれてぶらさがっていた。精緻なレースが愛らしくも色っぽい。

（こ、これは……）

思わず震える手を伸ばして、恐るおそる触れる。

友理奈のパンティに間違いない。雨で湿っているが、それでも布地の柔らかさは伝わった。洗濯バサミからはずして手のひらに載せる。男物の下着とは異なる繊細なランジェリーだ。

（これが、友理奈さんの……）

大切な場所を包んでいると思うと、それだけで興奮が高まる。

そっと裏返して、クロッチ部分を剝《む》き出しにした。この繊細な薄い布地が、友理奈の陰唇に密着しているのだ。ついつい鼻を寄せて匂いを嗅いだ。柔軟剤の香りしかしないが、気分はますます高揚した。

さらにブラジャーが干してあるのも発見する。手に取って確認すると、カップの裏側を指先で撫でた。

友理奈の乳房に触れてみたい。無理なことだとわかっているから、なおさら欲望がふくれあがる。触れることができないなら、せめてナマで見てみたい。下着を目にしたことで、これまで抑えてきた邪《よこしま》な感情がふくれあがった。

友理奈はいまだに夫を失った悲しみから立ち直れていない。

ふとした瞬間に淋しげな表情を見せることがある。ふだんは明るく振る舞っているが、キッチンで洗いものをしているときや、窓から夜空を眺めているときなど、涙を浮かべているのを知っていた。

気の毒だとは思うが、未亡人の悲哀が滲んだ表情に惹かれてしまうときがあった。妙に色っぽくて、淫らな妄想を抑えられなかった。

(こ、これ以上はダメだ……)

自分に言い聞かせて、パンティとブラジャーを物干しに戻した。

それにしても、友理奈はどこにいるのだろうか。てっきりトイレかと思ったが、いつまで経っても姿を見せない。玄関にパンプスがあったので、室内にいるのは間違いなかった。

傘を持っていなくて、雨でずぶ濡れになって帰宅したのではないか。そう考えると、洗濯物がリビングに干してあったのも納得がいく。慌てて取りこんだため、きっと和室に移すのを忘れてしまったのだろう。

(もしかして、風呂か……)

またしても邪な感情がふくれあがる。

全身が濡れてしまったので、今は風呂に入っているのかもしれない。友理奈の裸を想像して、欲望が激しく揺さぶられた。

(い、いや、ダメだ……)

のぞきたい気持ちを懸命に押さえつける。

間違いを起こす前に自室に引っこんだほうがいい。そう思って、急いでリビングを飛び出した。

自室に戻るには、洗面所の前を通らなければならない。洗面所のドアは閉まっている。浴室はそのドアを入った先だ。

(立ちどまるな……)

心のなかでつぶやきながら、ドアの前を足早に通りすぎようとする。

そのとき、いきなりドアが開いて、裸体に白いバスタオルを巻きつけた友理奈が廊下に出てきた。

「あっ……」

俊也が思わず声をあげると、友理奈も両目を大きく見開く。タイミング悪く、鉢合わせしてしまった。

「ト、トシくん、帰ってたの?」

想定外の出来事に、友理奈の声はうわずっていた。

バスタオルの縁が乳房にめりこんで、柔肉がプニュッとひしゃげている。下側はミニスカートのようになっており、白くてむっちりした太腿《ふともも》がつけ根近くまで露出していた。

濡れた髪が剝き出しの肩に垂れかかっている。シャワーを浴びた直後なのか、身体が火照《ほて》っており、甘いシャンプーの香りが濃厚に漂っていた。

「す、すみません……か、帰ってきたばかりで……」

突然のことに動揺して、しどろもどろになってしまう。すぐに立ち去るべきだが、全身が硬直して動けなかった。

「ご、ごめんなさい……」

友理奈は顔をまっ赤にして背中を向けると、急いで和室に逃げこんだ。

リビングの隣にある和室は友理奈が使っている。ふだんからあまり使っていない部屋だったので、友理奈が寝泊まりするにはちょうどよかった。

(どうして、あんな格好で……)

胸の鼓動が速くなっている。

思いがけず友理奈の色っぽい姿を目にして、股間も激しく疼いていた。俊也も自室に戻ると、大きく息を吐き出した。胸のドキドキが収まらない。落ち着くまでにしばらくかかりそうだった。

だが、いつまでも部屋に閉じこもっているわけにはいかない。なんとか気持ちを鎮めると、恐るおそるリビングに向かった。

ドアを開けると、友理奈はキッチンに立っていた。

「さっきはすみませんでした」

目が合うなり謝罪する。頭を深々さげると、友理奈は慌てた様子でキッチンから出てきた。

「わたしのほうこそ、ごめんなさい。ずぶ濡れになってしまったから、シャワーを浴びていたの。でも、着がえを部屋から持っていくのを忘れて……まだ、トシくんは帰っていないと思ったから……」

顔を赤くしながら説明すると、友理奈は申しわけなさそうに頭をさげる。

「いえ、俺も気をつければよかったから……」

「そんなことないわ。わたしが、いきなり廊下に出たから」

互いに何度も謝り、照れ笑いを浮かべた。

まだ気まずかったが、とりあえず大丈夫そうでほっとする。

男と女がひとつ屋根の下で暮らせば、こういうことがあってもおかしくない。気をつけていても、きっと今後も起きるだろう。それを思うと緊張するが、心のどこかで楽しみにしている自分もいた。

「ちょうど、ご飯ができたの。簡単なものだけど食べるでしょ？」

「はい、ありがとうございます」

「時間がなかったから、本当に簡単なものよ」

「友理奈さんの料理なら、なんでもうまいです」

軽い口調で告げるが本心だ。友理奈の手料理を食べられるのが、うれしくてならなかった。

「褒めてもなにも出ないわよ」

友理奈はそう言うが、弾《はず》むような足取りでキッチンに戻っていく。

未亡人との同居生活が楽しくてならない。まさか、こんなにドキドキする毎日を送れるとは思っていなかった。

5

友理奈との同居生活も十日目を迎えていた。

この日、はじめて俊也のほうが帰宅が早かった。事前に友理奈から遅くなるとメールをもらっていた。レストランを経営する友人ふたりと食事をしながら、内装の打ち合わせをするという。

俊也は会社から帰る途中、コンビニで久しぶりに弁当を買った。

久しぶりにひとりで食べる夕飯は、やけに虚《むな》しく感じた。以前はそれが普通だったのに、友理奈との生活に慣れてしまったのかもしれない。うまいと思っていた弁当も味気なかった。

食後にシャワーを浴びて、ソファでゴロゴロしながらテレビを眺めている。

しかし、とくに興味を引く番組はない。そんなことより、友理奈のことが気になっていた。

(遅いな……)

もうすぐ午後十時になるところだ。

食事をしながらの打ち合わせということだが、酒でも飲んで途中から盛りあがっているのではないか。それなら、帰りはもっと遅くなるかもしれない。

(先に寝ちゃおうかな)

眠気がこみあげて、大きなあくびをする。

マンションの鍵《かぎ》は渡してあるので、俊也が寝てしまっても問題ない。しかし、誰かが帰りを待っていてくれるとうれしいものだ。それを友理奈と同居することになって実感していた。

(もう少し待ってみるか……)

眠気と戦いながら再びテレビに視線を向ける。

しかし、観たいものがないので瞼《まぶた》がどんどん重くなり、いつの間にか眠りに落ちていた。

　ふと物音に気づいて目が覚める。テレビがつけっぱなしになっているが、それ以外に玄関の鍵を開ける音がした。どうやら、友理奈が帰ってきたらしい。俊也は体を起こしてソファに座り直した。その直後、リビングのドアが開いた。

「遅くなってごめんなさい」

　友理奈が申しわけなさそうに入ってくる。

「もう寝ているかもしれないと思って、インターホンを鳴らさなかったの。まだ起きてたの？」

　そう言われて時間を確認すると、午後十一時をまわっていた。一時間も居眠りしていたらしい。

「え、えっと……テレビを観ていたんです」

　俊也はとっさに嘘をついた。

　待っていたと言うと、重く感じるかもしれない。だから、たまたま起きていたことにしようと思った。

「でも、ちょっとうれしかったな。明かりがついているとほっとするわ。暗い家に帰るのは淋しいもの……」

　友理奈はぽつりとつぶやき、睫毛《まつげ》をそっと伏せる。

　未亡人の悲哀を感じて、胸の奥が苦しくなった。こんなとき、どんな言葉をかければいいのかわからなかった。

夫のことを考えると、友理奈は落ちこんでしまう。だから、話題を変えたかったが、いい言葉が見つからなかった。

「今日はご飯を作れなかったから……お弁当を食べたんですか？」

すると、友理奈がローテーブルの上をチラリと見やった後、語りかけてきた。そこには弁当の空になった容器が置きっぱなしになっていた。

（失敗したな……）

内心激しく後悔する。

弁当を食べ終わったあと、すぐに捨てておくべきだった。友理奈のまじめな性格を考えれば、気にすることは予想できた。それなのに、ひとり暮らしのときの癖で、つい置きっぱなしにしてしまった。

「明日から、ちゃんと作るわね」

「そんなこと気にしないでください。友理奈さんは自分のお仕事があって、ここに来たんですから」

俊也は答えながら、彼女の様子がおかしいことに気がついた。

伏し目がちで表情が暗い。帰ってきたときから元気がなかった。なにかいやなことでもあったのだろうか。ときおり、遠い目をしていることがあるが、今夜はいつも以上に落ちこんでいた。

「なにか、ありましたか？」

迷ったすえ、遠慮がちに尋ねる。

「えっ……どうして？」

友理奈は驚いた顔をして聞き返す。俊也を見つめる瞳はしっとり潤んでいた。

「なんだか、元気がないように見えたので」

正直に答える。すると、友理奈は淋しげな笑みを浮かべてうなずいた。

「今日、友達の家で打ち合わせだったの。千佳《ちか》ちゃんって言うんだけど、なんでも話せる親友なの」

静かな声で語り出す。

都内に住んでいる友達、岡山《おかやま》千佳の家で打ち合わせだったという。

千佳は友理奈と同い年で、高校のときからのつき合いだ。同じ大学に進学して交流はずっとつづいている。千佳が友達とレストランを共同で出すことになり、友理奈にシェフをやらないかと声をかけたらしい。

内装や厨房の設備のことなど、打ち合わせは順調に進んだ。そして、そろそろ帰ろうと思ったときに千佳の夫が帰宅した。

「旦那さんを見たら、うらやましくなってしまって……」

友理奈はそこで言葉につまり、下唇を小さく噛《か》んだ。

「千佳ちゃんに嫉妬したの……」

絞り出すような声だった。

そんな自分がいやになって、落ちこんでいたらしい。今もつらそうに顔をうつむかせている。

（友理奈さん……）

なにか言葉をかけてあげたいが、なにも思い浮かばない。

夫を失った友理奈が、友達夫婦を見て嫉妬するのは仕方のないことだと思う。うらやましく感じるのは当然のことだろう。むしろ、そんな苦しい胸のうちを自分に話してくれたことがうれしかった。

「俺、応援してます……友理奈さんのこと」

自分が応援したところで、彼女の力にはなれない。それはわかっているが、応援したい気持ちがあることを伝えたかった。

「ありがとう……トシくんの顔を見ていたら元気が出てきたわ」

友理奈はそう言って無理に微笑んだ。

実際はまだ元気が出ているようには見えないが、そう言って自分を鼓舞しているのかもしれない。

「じゃあ、俺は寝ますね」

俊也はソファから腰をあげた。

「わたしもシャワーを浴びたら、すぐに寝るわ。おやすみなさい」

「おやすみなさい」

リビングを出て自分の部屋に戻る。

友理奈の帰りを待っていて、よかったと思う。今夜の会話で、ふたりの距離が少し縮まった気がした。

6

俊也はベッドで仰向《あおむ》けになったまま、暗い天井を見つめた。

自室に戻って横になったが、なかなか眠れなかった。明かりを消して目を閉じても頭は冴えている。ソファでうたた寝したのが悪かったらしく、眠気がすっかり吹き飛んでしまった。

「はンっ……」

微かな声が聞こえた。

おそらく友理奈だろう。先ほど浴室から出る気配がして、隣の和室に入っていくのが足音でわかった。もう、とっくに寝たと思っていたのだが、どうやらまだ起きているようだ。

「はンンっ」

再び声が聞こえた。

思わず耳をそばだてる。その声は、なにやら色っぽくて気になってしまう。いったい、なにをしているのだろうか。興味が湧いてベッドから降りると、和室との境の壁に耳を押し当てた。

「ン……ン……」

なにか聞こえるが、よくわからない。

わからないからこそ、ますます興味がそそられる。女性が夜中にひとりでやることといったら、なんだろうか。

友理奈は微かな声を漏らしている。もしかしたら、ヨガとかストレッチかもしれない。それなら健全だが、なにやら淫らな雰囲気を感じる。

(もしかしたら……)

オナニーをしているのではないか。

独り身になって、もうすぐ二年になろうとしている。心労はあっても身体が健康なら、性欲がたまっていてもおかしくない。そう考えると、胸がドキドキして股間が熱くなった。

（い、いや、友理奈さんにかぎって……）

心のなかで否定する。

友理奈は清楚な女性だ。彼女が自分を慰める姿など想像がつかない。どんなに欲望がたまっていても、そんなことをするとは思えなかった。

「あンっ……」

そのとき、甘ったるい声が聞こえた。

ヨガやストレッチとは思えない。いくらなんでも、こんなに悩ましい声は出ないだろう。

（ってことは……）

やはりオナニーをしているのではないか。

そう考えると、居ても立ってもいられなくなる。あの友理奈がどんなふうに自分を慰めるのか見てみたい。こうしている間も、隣室から悩ましい声が聞こえている。しかし、のぞくにしても絶対にばれるわけにはいかない。

（音を立てなければ……）

静かに歩いて部屋のドアを開けようとする。だが、床がミシと軋む音がして、踏みとどまった。

ふだんは気にもとめないが、注意すると歩を進めるたびに音がする。夜中に廊下を歩けば、和室にいる友理奈の耳にも届くのではないか。そう考えると廊下からのぞくのは危険だ。

あきらめるしかないのだろうか。しかし、壁一枚挟んだ隣の部屋で、友理奈がオナニーしているかもしれないのだ。こんなチャンスは二度とないかもしれない。危険だと思うと、なおさら見たくなってしまう。

（そうだ……）

俊也は背後を振り返った。

視線の先にはガラス戸がある。その向こうはベランダだ。ベランダは和室にもつづいている。

（いけるかもしれないぞ）

可能性を感じて心のなかでつぶやいた。

ベランダなら床が軋むことはない。ここは五階で近くに高い建物はないので、カーテンを閉め切っていない可能性もある。それなら、ベランダから和室の友理奈をのぞくことができるかもしれない。

「あっ……ンっ……」

抑えた喘ぎ声が俊也の背中を押した。

ガラス戸に歩み寄ると、鍵を開けて慎重にスライドさせる。そして、ひんやりとしたコンクリートのベランダにそっと踏み出した。

夜空に月が浮かんでいる。今夜は満月に近いのか、思いのほか明るいことにとまどいを覚える。

しかし、ここまで来てあとに引くつもりはない。音を立てないように注意して、隣の和室へと移動する。壁の陰からチラリと見やれば、ラッキーなことにカーテンがすこし開いていて、隙間があった。

（よしっ……）

思わず拳をぐっと握る。

恐るおそる片目だけ壁から出して、和室のなかをのぞきこむ。電気はついていないが、青白い月明かりが室内を照らしていた。

（おおっ！）

危うく声が出そうになり、ギリギリのところで呑みこんだ。

八畳の和室の中央に布団が敷いてあり、友理奈が横たわっている。こちらに足を向ける格好で、仰向けになっていた。

友理奈は服をなにも身につけていない。大きな乳房が剝き出しで、左手で揉みあげている。くびれた腰を左右によじり、右手は股間に伸ばしていた。手のひらを恥丘に重ねて、指先が股間に入りこんでいる。

(や、やっぱり……)

勘は見事に的中した。

やはり友理奈はオナニーをしていたのだ。下肢をしどけなく開いて、右手の指先で股間をいじっていた。

布団の周囲にパジャマと毛布が散らばっており、右の足首に白いパンティがひっかかっている。欲望をがまんして寝ようとしたが、どうしても抑えきれなくなってオナニーをはじめたのではないか。そんな場面を想像させる散らかりかただ。

(きっと、苦しかったんだよ)

夫を亡くして二年も経っているのだ。

悲しみに暮れているが、健康な肉体は欲情してしまう。そんな自分を恥じているに違いない。オナニーしている場面を目の当たりにしながら、友理奈は清楚な女性だという幻想を捨てきれなかった。

(ああっ、友理奈さん……)

心のなかで呼びかけながら凝視する。

左手で乳房をこってり揉みあげて、柔肉に指先をめりこませる。指先で乳首をクニクニ転がしては、ときおりキュウッと摘まみあげた。

「あンンっ」

ガラス戸ごしでも甘い声が聞こえる。

ペニスは瞬《また》く間に硬くなり、ボクサーブリーフのなかで反り返る。スウェットパンツの前が盛りあがって、大きなテントを張っていた。

のぞかれているとも知らず、友理奈はオナニーに没頭している。

右手で股間をいじり、くびれた腰を左右にくねらせる姿が色っぽい。手のひらが重なっている恥丘は、漆黒の陰毛が生い茂っている。淑《しと》やかな雰囲気からは想像できない大量の陰毛がそよいでいた。

（あんなに濃いのか……）

思わず生唾を飲みこんで、喉がゴクリと鳴った。

誰かに見せることもないため、手入れを怠っていたのかもしれない。夫が生きているときは、きれいな形に整えていたのではないか。そんなところにも未亡人の悲哀が漂っていた。

「あっ……あっ……」

友理奈が切れぎれの喘ぎ声を漏らしている。

右手の指先が小刻みに動いているのは、割れ目を撫であげているのか、それともクリトリスを転がしているのか。月明かりは射しているが、もう少し太腿を開いてくれないとよく見えない。

そんなもどかしさも、興奮を誘う材料になる。想像がふくれあがり、同時にペニスもこれ以上ないほど硬くなった。

「うっ……」

無意識のうちにスウェットパンツの上からペニスを握っていた。小さな呻《うめ》き声が漏れて、亀頭の先端から我慢汁が溢れるのがわかった。

心のなかではいけないと思うが、友理奈のオナニーを見ているのだ。のぞいているという行為が、なおさら興奮に拍車をかけている。こらえきれず、スウェットパンツごしに太幹をゆるゆるとしごきはじめていた。

「ああっ、あなた……」

友理奈のつぶやく声が聞こえる。

今、確かに「あなた」と口走った。それは夫のことにほかならない。友理奈は亡夫のことを思って自分を慰めているのだ。それを考えると胸がせつなくなる。もしかしたら、友人の夫に会ったことが影響しているのではないか。幸せな夫婦の姿を目にして、淋しくなったのかもしれない。

(友理奈さんが、かわいそうだ)

心のなかではそう思いながらも興奮している。ペニスはガチガチに硬くなり、我慢汁が大量に溢れていた。

気の毒だからこそ、未亡人のオナニーがより淫らに感じるのかもしれない。

友理奈は眉を八の字にキュウッと歪めて、乳房と股間を懸命にいじっている。できることなら自分が慰めてあげたいと思うが、友理奈が求めているのは亡き夫だということもわかっていた。

「ああンっ、も、もっと……」

独りごとをつぶやきながら、下肢をゆっくり開いていく。しかも両膝を立てたため、秘めたる部分が剝き出しになる。

陰唇はサーモンピンクで艶々しており、大量の華蜜で濡れ光っていた。そこに右手の中指を這わせて、下から上へと撫であげる。陰唇の狭間から新たな愛蜜がどんどん溢れており、くすんだ色の尻穴まで濡らしていた。

（こ、これが、友理奈さんの……）

俊也は瞬きするのも忘れて凝視する。

月光に照らされた女陰は、淫らでありながら美しい。

興奮を抑えられず、スウェットパンツとボクサーブリーフを膝までおろす。そそり勃《た》ったペニスが露出して、自分の下腹部をペチンッと打った。躊躇することなく竿《さお》を握ると、本格的にしごきはじめた。

「あンっ……ああンっ」

和室では友理奈が指先でクリトリスを転がしている。

割れ目から湧出する愛蜜をすくいあげては、硬くなった肉豆に塗りつけることをくり返す。そして、クニクニとやさしく撫でれば、クリトリスは指先から逃げるように動きまわる。そのたびに友理奈の腰が小刻みに震えた。

「あっ……あっ……」

自分の指の動きに集中するように、睫毛をそっと伏せている。唇は半開きになっており、顎を跳ねあげて喘いでいた。

「も、もう……あああッ」

友理奈の喘ぎ声がいっそう大きくなる。

右手の中指を陰唇の狭間に沈みこませたのだ。第一関節まで挿入すると、ヌプヌプと何度も出し入れする。動かすほどに愛蜜が溢れて、股間はまるでお漏らししたようにグショグショになっていく。

「ああッ、い、いいっ、あなた……」

艶《なま》めかしい声がベランダにも聞こえていた。

指の動きに連動して、友理奈の裸体がくねっている。よほど感じているのか、下肢をM字に開いた状態で股間をしゃくりあげていた。

「あッ、あッ、いいっ、もうダメぇっ」

指の動きが速くなり、喘ぎ声が切羽つまってくる。

絶頂が近づいているのかもしれない。やがて股間をググッと迫《せ》りあげると、右手の中指を根もとまで膣《ちつ》に埋めこんだ。

「はあああッ、い、いいっ、気持ちいいっ。あああああああッ！」

友理奈のよがり泣きが、和室のガラス戸を振動させる。

仰向けで立てた膝を開き、股間を突きあげてアクメに昇りつめたのだ。それでもまだ左手で乳房を揉みしだいて、右手で股間を刺激している。膣のなかをかきまわすように指を動かしていた。

「はああああンっ」

よほど欲望をためこんでいたのかもしれない。

一途に亡き夫のことを想いつづけているからこそ、熟れた身体を持てあましてしまうのではないか。火照った女体はさらなる快楽を求めているのか、せつなげに震えていた。

（ああっ、友理奈さん……友理奈さんっ）

俊也は心のなかで呼びかける。

いけないと思いつつ、ベランダから友理奈が昇りつめる姿を見つめて、ペニスを思いきりしごいていた。

「くううううッ！」

ついに押し殺した声を漏らしながら絶頂に達する。

手のなかでペニスが脈動して、先端からザーメンが噴き出した。月明かりを浴びて白い放物線を描き、コンクリートの床にベチャベチャと飛び散った。

友理奈のオナニーをのぞきながら、自分もこらえきれずにペニスをしごいてしまった。頭の片隅には常に罪悪感があったが、欲望がうわまわっていた。申しわけないと思いながらの射精は、かつてないほど気持ちよかった。

恋人と別れてから何年もセックスをしていない。そんな状況もあるせいか、異常なほど興奮してしまった。

絶頂の余韻に浸りながら、和室に視線を向ける。すると、友理奈は仰向けになったまま、両手で顔を覆っていた。

「うっ……うぅっ」

悲しげな嗚咽が響いている。

夫のことを思い出しているに違いない。どんなに自分を慰めたところで、淋しさを埋めることはできないのだろう。

（俺、最低だ……）

胸の奥がチクリと痛んだ。

友理奈は悲しみに暮れている。それなのに自分はのぞき見をして、興奮を抑えることができなかった。そんな自分を心のなかで叱責した。

友理奈を助けてあげたい。

しかし、自分にできることなどなにもない。彼女が求めているのは、亡き夫の温もりだけだった。

第二章　人妻の甘い誘い

1

友理奈が同居するようになって二週間が経っていた。

おいしい手料理が食べられて、掃除や洗濯もしてくれる。なにより、友理奈がいることで生活が華やかになった。

オナニーをのぞき見したことは、友理奈にばれていない。

あれから毎晩、気にしているが、オナニーをしている様子はなかった。自制心が強いのかもしれないが、あまり我慢していると、いつか爆発するのではないか。そのときは、また卑猥な姿を拝めるかもしれないと密かに期待していた。

とにかく、俊也にとっては、いいことばかりだ。

同居生活も悪くない。友理奈といっしょに暮らせるのなら、このまま居てもらっても構わないとさえ思うようになっていた。

（昨日も、あんなことがあったしな……）

俊也は帰りの電車に揺られながら、ふと昨夜のことを思い出す。

晩ご飯のあと、俊也と友理奈は並んでソファに腰かけてテレビを観ていた。そのとき、何気なく隣を見やると、友理奈のフレアスカートのうしろ側がまくれあがっていたのだ。

おそらく、座るときにソファの縁に引っかかってしまったのだろう。太腿のサイドが露出しており、純白のパンティまで見えていた。レースの色っぽいパンティで、縁が尻肉に食いこんでいるのが興奮を誘った。

思わず視線が釘付けになりかけたが、理性の力を総動員して前を向いた。それでも気になり、テレビを観ている振りをしながら横目で観察をつづけた。友理奈はまったく気づいていなかったため、長時間、拝ませてもらった。

手を伸ばせば届く距離に、むっちりした太腿がある。しかも、パンティの縁から尻肉がプニッとはみ出しているのだ。ペニスがふくらみはじめたときは焦ったが、脚を組んでなんとかごまかした。

途中、友理奈が紅茶を入れると言って立ちあがったため、それ以降はパンティを拝めなくなってしまった。

しかし、同居生活がつづけば、またラッキーな瞬間に立ち会えるかもしれない。できることなら触れてみたいが、それはさすがに無理だとわかっている。高望みをするつもりはなかった。

(でも、今日は誰か来るんだよな……)

今夜は友理奈の友達が泊まりに来ることになっていた。

ふたりきりになれないと思うと残念だが仕方ない。だいぶ前から決まっていたことだ。友理奈は律儀な性格なので、事前に俊也の父親に友人を泊めていいか了承を得ていた。

泊まりに来るのは、レストランを経営する友達のひとり、岡山千佳だ。

数日前、友理奈は千佳の家で食事をしながら打ち合わせをした。そのとき、帰りぎわに旦那が帰宅したと聞いている。仲睦まじい夫婦を目にしたことでうらやましくなり、その夜、友理奈は自慰行為に耽《ふけ》ったのだ。

やがて電車が駅に到着する。

俊也は人波に流されて、改札口から外に出た。いつもは軽い足取りでマンションに向かうが、今日はいつもと違っている。なんとなく気が重くて、急がなければならないのに急ぐ気になれなかった。

じつは、今夜は三人で食事をすることになっているのだ。

正直なところ、千佳という女性に興味はない。しかし、友理奈に提案されて断ることができなかった。

（どうして、うんって言っちゃったんだろう）

思わず小さく息を吐き出した。

商社では営業部に所属しているが、元来は人見知りだ。初対面の女性と家で食事をともにし、さらに彼女が泊まっていくことに抵抗がある。それでも友理奈が楽しみにしているようなので、今夜だけ我慢するしかなかった。

俊也は帰宅すると、急いでシャワーを浴びた。

もうすぐ、友理奈が千佳を連れて帰ってくるはずだ。

なにを着るか少し迷ったが、結局、いつものスウェットパンツと長袖のTシャツにした。

（まだかな……）

そわそわして何度も時間を確認する。

知らない人が来ると思うと落ち着かない。リビングでテレビを観ていても、内容がまったく頭に入らなかった。

しばらくするとインターホンが鳴り、友理奈が帰ってきた。俊也が玄関に向かうと、友理奈の背後にすらりとした女性が立っていた。

「お帰りなさい」

緊張ぎみに声をかける。いつものように笑みを浮かべようとするが、頰の筋肉がこわばっていた。

「ただいま」

友理奈は柔らかい笑みを浮かべている。当然だが、まったく緊張している様子はなかった。

友理奈も千佳も濃紺のスーツに身を包んでいる。そういえば、今日も不動産屋をまわると言っていた。物件探しは大変らしく、なかなか条件が合うところが見つからないようだった。

「トシくん、彼女が千佳ちゃんよ」

友理奈が穏やかな声で紹介してくれる。

「岡山千佳です。よろしくね」

千佳はまっすぐ目を見て言うと、にっこり微笑んだ。

軽く挨拶しただけでも、はきはきした性格なのがわかる。まったく物怖じする様子もなく、右手をすっと差し出した。

「ど、どうも……」

俊也はとまどいながら右手を伸ばす。すると、千佳がやさしく握りしめた。

柔らかい手の感触にドキリとする。女性と握手をする機会などめったにない。千佳はいつもこんな挨拶をするのだろうか。

「は、はじめまして、俺は――」

俊也が自己紹介している間も、千佳は手をずっと握っていた。いったい、どういうつもりだろうか。考えていることがわからず、ますます緊張してしまう。

「俊也くんね。なんか弟みたいでかわいいわ」

千佳は明るい色の髪を揺らして笑っている。

もしかしたら、からかわれているのかもしれない。少し気が強そうな女性だ。苦手なタイプだが、友理奈の友達なので話さないわけにもいかない。この場は作り笑顔を浮かべるしかなかった。

「と、とにかく、あがってください」

俊也は緊張しながら迎え入れる。

（まいったな……）

心のなかでつぶやいた。

友理奈の友達なので、似たような雰囲気の淑やかな女性が来ると思っていた。ところが、千佳は正反対のはっきりした性格だ。しかも、鼻すじがすっと通った美人なので、性格もちょっときついタイプなのではないかと思ってしまう。

（なんか苦手なんだよなぁ……）

予想外の展開だった。

しかし、性格が真反対だからこそ、ふたりはぶつかることなく仲がいいのかもしれない。とにかく、千佳は友理奈の親友だ。それを思うと、機嫌を損ねるようなことはできなかった。

2

ふたりは順番にシャワーを浴びて、今は部屋着になっている。

友理奈はゆったりしたスカートに大きめのトレーナー、千佳はショートパンツにタンクトップという服装だ。

（千佳さん、寒くないのかな……）

目のやり場に困ってしまうほど肌の露出が多かった。

今夜は時間がなかったので寿司の出前を取って、先ほど届いたところだ。リビングのローテーブルに寿司桶が置いてある。

友理奈と千佳が並んでソファに座り、俊也はローテーブルを挟んだ向かい側で、絨《じゅう》毯《たん》の上に腰をおろしていた。

ソファは三人がけだが、実際に三人で座ると窮屈だ。どこに座っても、誰かと肩が触れ合うことになる。それは緊張するので、俊也が自ら進んでローテーブルの向かい側に座ることにしたのだ。

(この場所、失敗だったな……)

今さらながら後悔する。

ちょうど目線の高さに千佳の剝き出しの脚がある。どこを見ればいいのかわからず困惑してしまう。

ショートパンツから肉づきのいい太腿が露出しており、気になって仕方がない。見てはいけないと思って視線をあげれば、タンクトップの張りつめた胸もとが目に入ってしまう。

(で、でかい……)

千佳は乳房が大きいため、襟《えり》ぐりから谷間がのぞいている。白くて柔らかそうな乳肉がタプタプ揺れていた。

「いただきましょうか」

友理奈が穏やかな声でつげると、千佳が日本酒の四合瓶を取り出した。

「純米大吟醸の生酒よ。これ、飲みやすくてすっごくおいしいの」

あらかじめ用意していたらしい。どうやら、千佳は酒好きのようだ。

「俊也くん、飲めるんでしょ？」

「ええ、少しは……」

それほど強くないが、まったく飲めないわけでもない。つき合い程度なら大丈夫だろう。

「友理奈さんは飲めるんですか？」

「わたしは弱いのよ。飲むとすぐに眠くなってしまうの」

友理奈が恥ずかしげにつぶやく。

その言葉を聞いて、俊也はほっとしていた。友理奈に酒豪のイメージはない。酒があまり飲めないほうが、か弱い感じがして好ましいと思った。

「そうなんですか。でも、家飲みですから、酔ったら寝てしまっても構いませんよ」

俊也がそう言うと、友理奈はこっくりうなずいた。

「へえ、俊也くんって、友理奈にはやさしいのね」

唐突に千佳が口を挟んだ。

俊也の顔を見て、なにやらニヤニヤしている。もしかしたら、俊也が友理奈を気にしていることに、勘づいたのかもしれない。

「な、なに言ってるんですか」

ついむきになって反論してしまう。適当に流せばよかったのだが、からかうように言われて黙っていられなかった。

「トシくんは誰にでもやさしいのよ」

友理奈が千佳に語りかける。

おそらく、思っていることを素直に口にしただけだ。しかし、俊也は胸が少し苦しくなった。この感情はいったいなんだろうか。

（俺は……）

胸の奥がもやもやする。

誰にでもやさしいわけではない。友理奈が自分のなかで特別な存在になりつつあるのを自覚した。

「まあ、いいわ。とりあえず、乾杯しましょう」

千佳がお猪口《ちょこ》に日本酒を注いだ。

「はい、みんな持ってね。乾杯っ」

そのまま千佳の音頭で乾杯する。

俊也は遠慮がちにお猪口を掲げると、ひと口飲んだ。確かに口当たりがよくて飲みやすい。上品な甘さが口のなかにひろがり、いい香りが鼻に抜けていく。それでいながらキレがあり、すっきりした後味だ。

「おいしいわ」

友理奈も気に入ったらしい。笑みを浮かべると、同意を求めるように千佳と俊也の顔を交互に見やった。

「おいしいですね」

俊也も笑みを浮かべて答える。苦手な酒もあるが、これならいくらでも飲めそうな気がした。

「でしょう。友理奈でも飲めそうなお酒を選んだのよ」

千佳が自慢げに胸を張る。

さすがは高校時代からの親友だ。友理奈の好みを知りつくしているらしい。レストランのシェフを依頼したのも、引きこもっている友理奈のことを本気で心配したからに違いなかった。

「千佳ちゃん、ありがとう」

友理奈もうれしそうにしている。千佳には心を許しているのか、いつにも増してリラックスしているように見えた。

「どういたしまして。ほら、俊也くんも食べなさい」

千佳が声をかけてくれる。

きっと面倒見がいいのだろう。周囲のことに気を配っている。俊也のことなど放っておいてもいいのに、しっかり注意を払っていた。

「いただきます」

俊也は寿司を食べながら、千佳の顔をチラリと見やった。

（いい人なんだな……）

ふたりの関係がうらやましく思えた。

友理奈には心強い友達がいる。いつも静かに見守っていて、苦しいときに手を差し伸べるのだろう。

「お寿司もおいしいわ」

友理奈が楽しげにつぶやいた。

ふと視線を向けると、頬がほんのりピンク色に染まっている。日本酒で早くも酔ったらしい。まだお猪口一杯も飲んでいないので、かなり弱いようだ。その顔が色っぽくて、ついつい見惚《みと》れてしまう。

千佳が会話をリードしながら、しばらくの間、三人で和気藹々《わきあいあい》と会食した。

「ゆっくり飲みなさいよ。お寿司も食べなさい」

千佳が勧めるが、友理奈はもう箸を置いていた。

「お腹いっぱいになっちゃった」

そう言って、お猪口に残っていた日本酒を飲みほしてしまう。大丈夫かなと思ったときには、顔がまっ赤になっていた。

「もう、仕方ないわね」

千佳はソファから立ちあがると、友理奈を横になるようにうながす。クッションを枕代わりにして、仰向けに寝かしつけた。

それを見て、俊也は急いで毛布を持ってくる。横になった友理奈にかけると、再び絨毯の上に腰をおろした。

「意外と気が利くじゃない」

千佳は感心したように言って、俊也の隣で横座りする。距離がやけに近いため、肩と肩が微かに触れ合った。

3

「どうして、隣に来るんですか」

緊張を押し隠して尋ねる。

ただでさえ露出が激しいのだ。距離が近くなると、なおさら気になってしまう。しかし、わざわざ離れるのもおかしい気がして動けなかった。

「だって、友理奈が寝てるんだもの。仕方ないでしょう」

確かに千佳の言うとおりだ。

距離が近すぎるのも気になるが、意識しすぎと思われそうで口に出せない。俊也はうなずくことしかできなかった。

「ねえ、飲み直そうか」

なぜか千佳は楽しそうだ。

悪い気はしないが、なんとなく落ち着かない。ソファに視線を向ければ、友理奈が横になって目を閉じていた。

「俺も寝ちゃうかもしれませんよ」

今は眠くないが、念のため先に言っておく。千佳は酒が強そうなので、俊也は自分のほうが先に潰れる予感がしていた。

「無理に勧めないから大丈夫よ」

千佳はそう言って笑みを浮かべる。

その笑顔が眩《まぶ》しく感じて、俊也は慌てて視線をそらす。そして、お猪口の日本酒をちびちび飲んだ。

「友理奈、すっかり寝ちゃったわね」

千佳がぽつりとつぶやいた。

「ふたりでお酒を飲むこと、よくあったんですか？」

「昔はね。友理奈がわたしにつき合ってくれるんだけど、すぐに寝ちゃうのよね」

千佳はそう言って懐かしげに目を細める。

高校からのつき合いで、大学に入ってから酒を飲むようになったという。大学時代は互いのアパートを行き来して、よくお泊まり会をやっていた。でも、酒が入ると友理奈は決まって寝てしまうらしい。

「お酒を飲んで寝たら、朝までなにをしても起きないのよ」

「そんなことありますか？」

「それがあるのよ。くすぐっても、つねっても、気持ちよさそうに寝息を立ててるんだから」

千佳がいたずらっぽく微笑む。どうやら、友理奈が寝ているときに、いろいろちょっかいをかけたことがあるらしい。

「友理奈には内緒よ」

そう言って肩をすくめる千佳が愛らしく感じた。

「本当に仲がいいんですね」

「どうかしら……仲はいいほうだとは思うけど」

なにやら含みのある言いかただ。

友理奈は千佳のことを親友だと言っていた。だが、千佳のほうは、そう思っていないのだろうか。気にはなるが、なんとなく尋ねるのは憚《はばか》られた。

「はい、どうぞ」

千佳が四合瓶を手にしている。

お酌をしてくれるらしい。笑みを向けられると照れくさくなり、俊也はペコリと頭をさげてお猪口を差し出した。

「わたしもいただこうかな」

そう言われて、慌ててお猪口を置いてお酌をする。

「ありがとう」

千佳は礼を言うと、酒を一気に飲みほした。

「ちょっと、大丈夫ですか？」

「これくらい、へっちゃらよ」

先ほどまでと感じが変わった気がする。なにか気に障《さわ》ることでも言ってしまったのだろうか。

「俊也くん、友理奈のこと、どう思ってるの？」

唐突な質問に内心焦ってしまう。俊也は動揺をごまかそうとして、日本酒をちびりと飲んだ。

「どうって、別に……」

言葉を濁すと、再び日本酒を口に含む。気になっているのは事実だが、自分でもよくわかっていなかった。

「好きなんでしょう？」

今度はストレートな言葉を投げかけられて、思わずむせてしまう。飲みこもうとした日本酒が鼻に入り、ツーンとした痛みがひろがった。

「ゲホッ、ゲホッ……」

「大丈夫？」

すぐさま千佳が背中をさすってくれる。なんとか呼吸を整えるが、もはや動揺は隠しきれなかった。

「お、俺は、そんなつもりじゃ……」

「みんな、そう言うのよね」

千佳は遠い目をして、まるで独りごとのようにつぶやいた。

「どういうことですか？」

いったい、なにを言いたいのだろうか。

あまり掘りさげるのはよくない気がするが、尋ねずにはいられない。友理奈に関することは、なんでも知りたかった。

「友理奈は昔からモテたのよ」

千佳が静かに語りはじめる。

「高校のときなんて、クラスの男子全員が好きだったんじゃないかしら。休み時間になるたび、ほかのクラスから見に来る男子が廊下に溢れるの。先輩からもよく告白されていたわ」

なぜか淡々とした口調になっていた。

千佳の感情は読み取れない。あえて機械的に語っているのかもしれない。ただ事実だけを列挙していた。

「大学のときは、もっとすごかったわ。毎日のようにデートに誘われて、プレゼントもよくもらっていたわね」

そこでいったん言葉を切ると、日本酒で喉を潤す。そして、気持ちを落ち着かせるように小さく息を吐き出した。

「友理奈はなにもしていないの。ほかの女子は男子にちやほやされたくて、髪形を変えたり、かわいい仕草を研究したりしてるのに、友理奈は普通にしているだけで人気があったのよ」

なんとなく、わかる気がする。

俊也はソファで眠っている友理奈を見つめた。

友理奈は淑やかな雰囲気の女性だ。それは生まれ持ったものなのかもしれない。とくに着飾ったりする必要はなく、自然体こそが彼女の魅力だ。ふんわりとした柔らかい空気をまとっており、それが男を惹きつけているのではないか。

「みんな、友理奈のことを好きになるの。そんなつもりじゃないとか言いながら、結局、友理奈に惹かれているのよ」

そう言った直後、千佳は下唇を小さく嚙んだ。

――どうかしら……仲はいいほうだとは思うけど。

先ほどの千佳の言葉が脳裏によみがえった。

あのとき、含みのある言いかたをした理由がわかった気がする。

友理奈と仲がいいのは本当だと思う。実際、夫を亡くして悲しみに暮れている友理奈をシェフに迎えて、助けようとしているのだ。だが、同時に軽く嫉妬しているのも事実なのだろう。

「いっしょにいると、つらくなるときがあるの」

千佳の言葉には実感がこもっている。

「高校生のときにつき合っていた彼氏がいたの。でも、長つづきはしなかった。彼も友理奈のことが好きになったのよ。友理奈といると、そんなことばっかり……」

昔のことを思い出して、千佳は首を小さく左右に振った。

「でもね……友理奈はいい子なの。すごくいい子なの。そんなにモテたのに、調子に乗ることはなかったわ。それで、大学のときにはじめて彼氏ができたの。その人と卒業後に結婚したのよ」

「それが、亡くなった旦那さんなんですね……」

俊也の言葉に、千佳はこっくりうなずいた。

「友理奈は男遊びなんて、絶対にしなかったわ。一途で純粋で……だから、よけいに悔しくなるのよね」

きっと千佳は友理奈のことが大好きなのだろう。

でも、いっしょにいると、どうしても自分と比べてしまうのかもしれない。同性としては、複雑な感情があるのではないか。それは当然のことだと思う。誰だってモテたいはずだ。自分よりモテる人が近くにいれば、嫉妬もするだろう。それを素直に口にできる千佳が魅力的に感じた。

「千佳さんだって、モテたでしょう？」

俊也は先ほどから思っていたことを口にする。

千佳は美人で裏表がない性格だ。同級生だったら、好感を抱いていたと思う。きっと男からも女からも好かれるタイプだ。

「わたしなんて、全然……」

「そうかなぁ、絶対モテたと思いますよ」

「気を使わなくていいのよ」

視線を落とすと、千佳は淋しげにつぶやいた。

「俺、気を使ったりするの苦手なんで、本当に思ったことしか言いません。千佳さんは、ご自身が思っているより、ずっと素敵です」

気の毒になって、きっぱり言いきった。

だが、嘘はついていない。心にもないことは言えない性格で、友達からよく馬鹿正直だとからかわれた。とにかく、嘘をつくのが下手だった。

「俊也くん……」

千佳が驚いたように目を見開いている。俊也の顔をまじまじと見つめて、しばらく固まっていた。

「そんなこと言うのね。意外だわ」

「い、いや、まあ……」

指摘されると恥ずかしくなる。顔がカッと熱くなるのを感じて、慌てて視線をそらした。

「ふふっ……」

しばらく沈黙がつづいたあと、千佳が微かに笑った。

「ありがとう。やさしいのね」

褒められると照れくさい。俊也は言葉を返すことができず、顔をうつむかせた。

「ヘンな話をしてごめんね。ちょっと、いろいろあって……」

千佳はそこで言葉を切って、なにかを考えるように黙りこむ。そして、意を決したように再び語りはじめた。

「じつはね……夫とないのよ」

「ないって、なにがないんですか？」

意味がわからず聞き返す。すると、千佳はもどかしげに腰をよじった。

「だから、あれよ。夜の……わかるでしょう」

そう言われて、ようやく理解する。つまり夜の生活のことだろう。なにが原因かはわからないが、どうやらセックスレスになっているらしい。

「な、なるほど……失礼しました」

顔が赤くなるのを自覚しながら慌てて謝罪する。

自分でも勘が鈍いと思う。こんなことだから、社会人になってから浮いた話がひとつもないのだろう。

「もしかして、童貞？」

千佳が急に身体を寄せたと思ったら、からかいの言葉をかける。口もとに笑みを浮かべて、肘で脇腹を小突いてきた。

「ち、違いますよ。大学のときに彼女と……」

「へえ、その彼女と今もつき合ってるの？」

さらに突っこんだ質問をされて、思わず黙りこむ。すると、千佳はさらに身体を寄せてきた。

「フリーなのね？」

「は、はい……」

「じゃあ、しばらくセックスはしてないの？」

直接的なワードが出て、俊也のほうが困惑してしまう。まさか、そんなことまで聞かれるとは思いもしなかった。

「ねえ、どうなの？」

しつこく聞かれて、仕方なくうなずいた。

その直後、羞恥で耳まで熱くなる。すると、千佳が耳もとに唇を寄せて、ふふっと笑った。

「うっ……く、くすぐったいです」

「俊也くんは正直ね」

そう言ったあと、俊也の右腕に抱きついた。

タンクトップの乳房のふくらみが密着している。腕全体に柔らかさが伝わり、緊張が一気に高まった。それと同時に興奮の波も押し寄せる。ボクサーブリーフのなかでペニスがむくむくとふくらみはじめた。

（や、やばい……）

慌てて内股になり、両手で股間を覆い隠す。

そんなことをすれば、勃起していると言っているようなものだ。しかし、このときは焦るあまり、そこまで考えが及ばなかった。

「どうしたの。そんなところ隠して」

すぐに千佳が反応する。

妖《あや》しげな笑みを浮かべて俊也の顔をのぞきこむと、手首をつかんで股間から引き剝《は》がした。

「あら、大きくなってるじゃない」

千佳が目を見開き、スウェットパンツの股間を見つめる。そして、俊也の顔に視線を戻した。

「こ、これは、その……」

とっさに言いわけが思いつかない。スウェットパンツの前がパンパンに張りつめている。誰が見ても勃起しているのは明らかだ。

「性格だけじゃなくて、こっちも正直みたいね」

千佳はそう言うなり、手のひらを股間にそっと重ねる。とたんに甘い刺激がひろがり、俊也の腰がビクンッと反応した。

「ううっ……」

こらえきれない呻き声が漏れて、胸の鼓動が一気に速くなる。布地ごしでも、彼女の柔らかい手のひらの感触がわかった。

「興奮してくれたのね。うれしいわ」

身体を密着させたまま千佳がつぶやく。股間に重ねた手をそっとまるめて、太幹をやさしく握りしめた。

「くっ……」

「こんなに硬くなってる。こうして男の人に触れるの、久しぶりなの」

千佳は淋しげな顔になっている。

セックスレスらしいので、夫との触れ合いがないのかもしれない。数日前、友理奈が家に行ったときは、仲のいい夫婦に見えたようだ。だからこそ、淋しさと嫉妬からオナニーしてしまったのだろう。

しかし、実際は違うみたいだった。千佳は初対面の俊也のペニスに触れて、頬を桜色に染めていた。

「ひと晩だけ、わたしと遊ばない？」

それはセックスの誘いにほかならない。

千佳は魅力的な女性で興奮しているのは確かだが、ソファで寝ている友理奈が気になった。

（俺は友理奈さんのことが……）

視線をチラリと向ければ、気持ちよさそうな寝顔が見えた。

自分のなかに芽生えた恋心に気づいてしまった。そうなると、ほかの女性と触れ合うのは違う気がする。

とはいっても、友理奈との関係が発展するとは思えない。彼女はいまだに夫のことを引きずっている。新しい恋に踏み出す気配はまったくない。それでも、俊也の心は友理奈に惹かれていた。

しかし、友理奈への想いを口にすれば、千佳が気を悪くするに違いない。

親友でありながら、常に嫉妬も抱えていたのだ。俊也の気持ちはばれているが、あらためて口にするのは憚られた。

「ま、まずいですよ……千佳さんは結婚してるわけだし……」

別の理由で断ろうとする。

ところが、千佳はスウェットパンツの上から握ったペニスをゆるゆるしごきはじめる。そうされると、瞬く間に快感がふくらんだ。

「ううっ……」

「旦那は抱いてくれないのよ。女だって欲求不満になるわ。仕事が忙しいのはわかるけど、だからって妻を放っておくのはひどいと思わない？」

夫に対する不満をかなりためこんでいるらしい。

千佳の夫はＩＴ関連の会社を経営しているという。比較的裕福で、レストランの開業資金も夫が出してくれたようだ。まわりから見れば幸せいっぱいの夫婦に見えるだろう。だからといって、本人が幸せとは限らない。

「ねえ、ひどいと思うでしょ？」

千佳はペニスをしごきながら同意を求める。俊也は抗うことができず、ガクガクと頷くしかなかった。

「お、思います……ひ、ひどいですね」

「わたしがレストランをやることも、最初は反対していたのよ。でも、開業資金を出せば、わたしが不平不満を言わなくなると思ったのよ」

一気にまくし立てると、ペニスをキュウッと強く握った。

「くうっ……で、でも不倫になっちゃいますよ」

「一回だけよ。ふたりとも誰にもしゃべらなければ大丈夫でしょ。わたしは秘密にできるけど、俊也くんは誰かに話すの？」

「は、話しません」

「それなら、問題ないじゃない」

千佳は至近距離から俊也の目を見つめている。息がかかるほど近くて、それだけで気分が高揚してしまう。

「わたしも興奮してるの。いいでしょう?」

ささやく声はねちっこい。同時にゆったりとしたペースで太幹をしごかれて、常に快感を与えられている。しかし、昇りつめるほどではなく、我慢汁がじくじくと染み出していた。

「そ、それ……や、やめてください」

小声でつぶやくだけで、彼女の手を払いのけることはできない。

友理奈の存在は気になるが、肉体は快楽に流されている。イクにイケない中途半端な刺激だけを与えられて、ボクサーブリーフのなかは我慢汁だらけだ。ペニスはさらに反り返り、ガチガチになっていた。

「ずっとこのままでもいいの?」

「そ、それは……」

「じゃあ、わたしと楽しいことしましょう」

千佳が口もとに笑みを浮かべてウインクする。

目眩《めまい》がしそうなほど妖艶《ようえん》な表情だ。思わず頷きそうになり、ギリギリのところで踏みとどまった。

(どうすれば……)

ローテーブルの向こうのソファに視線を向ける。

友理奈は微かな寝息を立てていた。酒を飲んで寝ると、朝まで起きないという話だが、万が一ということもある。

「友理奈が気になるみたいね」

俊也の視線に気づいて、千佳がぽつりとつぶやいた。

気を悪くするかと思ったが、そんな様子はない。俊也のペニスをスウェットパンツごしに握ったまま立ちあがった。

「それなら、別の部屋に行きましょうか」

「ちょ、ちょっと……」

まるで手綱を引かれるような状態になり、俊也も立ちあがる。すると、千佳はそのまま歩きはじめた。

「くっ……ま、待ってください」

「友理奈の前ではいやなんでしょう。確かにわたしも落ち着かないわ。いくら起きないとはいっても、やっぱり気になっちゃうよね」

千佳はそう言って、ペニスをキュッと握る。とたんに甘い刺激とともに期待が大きくふくれあがった。

4

「ここで、するんですか？」

俊也は困惑して思わず尋ねた。

「そうよ。ここなら友理奈から見えないでしょう」

千佳は当然とばかりに、さらりと答える。

しかし、ここはリビングと襖《ふすま》ひとつ隔てた八畳の和室だ。滞在中の友理奈が使っており、今夜は千佳もいっしょに寝ることになっていた。

すでに布団がふた組敷いてある。おそらく、友理奈がすぐに寝てしまうことを考慮して、シャワーを浴びたあとに準備を整えておいたのだろう。片方の布団に、千佳と俊也は並んで腰をおろしていた。

「朝まで起きないんだから、見えなければ大丈夫でしょ」

「そういう問題でしょうか……」

「これくらいの感じがドキドキしない？」

千佳はそう言って、再び俊也の股間に手を伸ばす。そして、スウェットパンツの上からペニスをやんわりと握った。

「ううっ」

「やっぱりカチカチ……」

千佳はしどけなく横座りしている。いつしか瞳がしっとりと潤んで、頬や首すじが微かに汗ばんでいた。

（興奮……してるのか？）

そう思うと、俊也もますます昂《たかぶ》ってしまう。

千佳はセックスするつもりでいる。ここまで来て、突っぱねることなどできるはずがない。俊也も抑えきれないほど高揚していた。

それに千佳の言うとおり、すぐそばで友理奈が寝ていると思うと緊張するが、刺激的でもあった。絶対にばれたくないが、今から危険なことをすると考えるだけで、胸の鼓動がさらに速くなった。

「声、出さないでくださいよ」

腹をくくって服を脱ぎはじめる。

スウェットパンツをさげると、水色のボクサーブリーフが張りつめており、先端部分に我慢汁の黒い染みがひろがっていた。

「ああっ、すごいわ」

千佳は俊也の股間をチラリと見て、小さく喘いで腰をよじる。

かなり昂っているらしい。自分もショートパンツをさげて、淡いピンクのパンティを露出させた。

「恥ずかしいから、あんまり見ないで……」

自分で脱いでおきながら、千佳は膝をぴったり閉じて股間をガードする。

しかし、むっちりした内腿を寄せると、股間からクチュッという湿った音が微かに響いた。

「やだ……」

千佳の顔がまっ赤に染まる。

今のは華蜜の音に間違いない。俊也が我慢汁を垂れ流しているのと同様、彼女も股間を濡らしていたのだ。

（そういうことなら……）

欲望が一気に加速する。

ボクサーブリーフと長袖Tシャツも脱ぎ捨てて裸になった。股間では勃起したペニスがそそり勃《た》っている。ふだんは皮をかぶっている先端も完全に剝けて、大量の我慢汁にまみれていた。

千佳が両腕を身体の前でクロスさせて、タンクトップの裾《すそ》を摘まむ。そして、ゆっくり万歳をするように脱いでいく。パンティとセットの淡いピンクのブラジャーが露《あらわ》になる。

乳房がたっぷりしており、今にもカップから溢れそうだ。腰はキュッとくびれており、肌は白くてしっとりしている。

「見ないでって、言ったのに……」

はにかむ表情が愛らしくも色っぽい。

千佳は両手を背中にまわすと、ブラジャーのホックをはずす。とたんに押さえつけられていた乳房の弾力で、カップが勢いよく上方に弾け飛ぶ。そして、たっぷりした双《ふた》つの乳房がプルルンッとまろび出た。

三十三歳の人妻の乳房だ。

ほんの少し身じろぎするだけでも、まるで波打つように柔らかく揺れている。白くてなめらかな肌が魅惑的なふくらみを形作っており、先端には濃い紅色の乳首が乗っていた。

(こ、これが、千佳さんの……)

思わず視線が吸い寄せられる。

柔らかそうな肌も素晴らしいが、すでに硬くなっている乳首が気になった。触れてもいないのに充血して、乳輪までドーム状にふくらんでいる。むしゃぶりつきたい衝動が湧きあがった。

さらに千佳は布団の上で体育座りをすると、パンティのウエスト部分に両手の指をかけた。

「見るなって言っても、見るんでしょ」

羞恥に耐えるように下唇を噛んで、パンティをゆっくりおろしはじめる。

俊也は無意識のうちに身を乗り出してのぞきこむ。すると、パンティの縁が少しずつさがり、恥丘にそよぐ陰毛が徐々に現れる。さらに太腿の表面を滑らせると、ついに楕円形に整えられた漆黒の秘毛がすべて露になった。

パンティをつま先から抜くとき、内側のクロッチ部分が濡れているのが見えた。やはり大量の華蜜を漏らしていたらしい。俊也のペニスを服の上からしごいて、愛蜜が滴るほど興奮していたのだ。

「ち、千佳さん……俺、もう……」

早く挿入したくてたまらない。そそり勃ったペニスがピクピク震えて、先端から新たな我慢汁が溢れている。

「わたしも……でも、その前に触りっこしようか」

千佳はそう言うと、布団の上で膝立ちになった。

「俊也くんも、同じ格好して」

うながされるまま、俊也も彼女の前で膝立ちになる。

向かい合った状態で距離が近い。ふたりとも裸で見つめ合うと、羞恥と興奮が入りまじり、頭のなかが燃えあがったような状態になる。

「硬い……それに熱いわ」

千佳の手が直接、ペニスに触れた。指を竿に巻きつけると、硬さを確認するようにニギニギとやさしく握った。

「ううっ」

俊也は小さく呻きながら、恐るおそる右手を彼女の股間に伸ばす。

手のひらを恥丘にそっと重ねて、陰毛のシャリシャリした感触を楽しんだ。そして、指先を股間に忍ばせると、柔らかい部分にゆっくり這わせた。

「あンっ……」

軽く触れただけで、女体がピクンッと跳ねる。

陰唇は溶けそうなほど柔らかい。愛蜜がたっぷり付着しており、ヌルヌルの状態になっていた。

「ああっ、俊也くん」

千佳がペニスをゆっくりしごく。

先ほどまでとは違って、直接触れているので快感が桁違いに大きい。しかも我慢汁が潤滑油となり、なめらかに滑る感触がたまらない。自然と腰が揺れて、呻き声を抑えられなくなった。

「ううっ、ち、千佳さん……うううっ」

俊也もやられてばかりではない。反撃とばかりに、陰唇に押し当てた指先を慎重にスライドさせる。割れ目をなぞるように動かせば、すぐに女体が反応して腰がくねりはじめた。

「あっ……あっ……」

千佳が眉を八の字に歪めて、甘い声を振りまいた。

人妻を喘がせていると思うと、なおさら興奮する。俊也は指をそっと滑らせると、割れ目の上端にあるクリトリスを転がした。

「ああンっ、そ、そこ……弱いの」

千佳の瞳が泣き出しそうなほど潤む。腰のくねりかたも大きくなり、喘ぎ声が和室に響いた。

「はあああンっ」

「声が大きいですよ」

友理奈が起きるのではないかと気が気でない。俊也が注意すると、千佳は慌てて下唇を噛みしめた。

それを確認して、クリトリスを転がしていた中指の先端を膣口にあてがう。力をじわじわこめると、指先がヌプッと沈みこんだ。

「はンンンッ」

千佳が下唇を噛んだまま、くぐもった喘ぎ声を響かせる。

膣口が瞬時に収縮して、中指の第一関節を食いしめた。猛烈な締まり具合だが、なかは華蜜でトロトロだ。そのままゆっくり押しこむと、いとも簡単に中指が根もとまで埋没した。

「あああッ、い、いいっ」

またしても千佳が喘ぎはじめる。

快感に抗えなくなったらしく、まるで感電したように全身を震わせる。膣のなかは意志を持った生物のように蠢《うごめ》いて、無数の襞《ひだ》が中指にからみついた。

「す、すごい……千佳さんのなか、すごく熱いです」

興奮で鼻息が荒くなっている。

膣のなかはマグマのように熱く、俊也の指を奥へ奥へと引きこんでいく。それに抗ってピストンさせると、女体の震えが大きくなった。

「ああッ……ああッ……も、もうダメっ」

千佳の声が切羽つまる。もう昇りつめる寸前まで来ているのかもしれない。愛蜜の量も増えており、彼女の股間はすごい状態だ。

「ね、ねえ、これがほしいの……」

千佳はペニスをしごきながら、甘えるような瞳を向けた。

「指じゃなくて……俊也くんの大きいので……」

「俺も……千佳さんのなかに……」

俊也もひとつになりたくて仕方がない。

指を挿入したことで、膣壁にうねりや愛蜜のとろみ、それに膣口の締まり具合もわかっている。ここにペニスを突きこんだら、どれほど気持ちいいのか想像すると、もう我慢できなかった。

女体を布団の上に横たえる。

彼女の両膝を立てると、左右にゆっくり開いていく。すると、鮮やかな紅色の陰唇が露になった。

（こ、これが、千佳さんの……）

思わず喉がゴクリと鳴る。

指を挿入してピストンしたためか、二枚の女陰は赤々と充血している。クリトリスも勃起しており、ルビーのように艶々と光っていた。そして、股間全体が華蜜まみれで、チーズにも似た芳香が立ちのぼった。

（なんて、いやらしい匂いなんだ……）

女体が熟れているせいか、やけに艶めかしい香りが漂っている。

学生時代につき合っていた恋人は同い年だった。俊也の女性経験は、その恋人ひとりだけだ。当時、彼女は二十歳そこそこだったので、まだ初々しい感じだった。それに比べると人妻の匂い立つような色香は圧倒的だ。

「い、いや、見ないで……早くちょうだい」

千佳が挿入をねだり、腰を右に左にくねらせる。

「じゃあ、挿《い》れますよ」

我慢できないのは俊也も同じだ。

正常位の体勢で亀頭を女陰に押し当てる。軽く触れただけでチュッという湿った音がして、亀頭が割れ目の表面を滑った。

「はンンっ……ほ、ほしい」

千佳がせつなげにつぶやき、右手を股間に伸ばしてペニスを握る。そして、自ら亀頭を膣口に導いた。

「あンっ、ここよ……挿れて」

先端がほんの数ミリ、膣のなかに沈んでいる。二枚の陰唇は物欲しげに震えて、結合の瞬間を待ちわびていた。

そのまま体重を浴びせるようにペニスを押しこんでいく。

なかは華蜜で潤っているため、滑るようにヌルリッと挿入できる。亀頭が埋まったと思ったら、そのまま一気に根もとまでつながった。

「はあああッ、お、大きいっ」

千佳が甘い嬌声《きょうせい》を響かせる。

女体がブリッジするように仰け反り、膣が思いきり収縮する。熱い膣粘膜がペニスを包みこみ、溶けてしまうような錯覚に囚《とら》われた。

（あ、慌てるな……ゆっくり……）

胸のうちで自分自身に言い聞かせる。

なにしろ、久しぶりのセックスだ。気を抜くと、すぐに暴発するかもしれない。快楽に流されないように、尻の筋肉に力をこめた。

「も、もっと……」

千佳がつぶやき、膣口が誘うようにヒクヒク動く。まるでペニスを咀嚼《そしゃく》するような動きが新たな快感を生み出した。

「くううッ……」

俊也は呻き声を漏らして、挿入したペニスをさらに奥までグッと押しこんだ。

「あううッ、そ、そんなところまで……」

亀頭が行きどまりに到達すると、千佳の身体が仰け反った状態で硬直した。

身体の両脇に置いた手で、シーツを強く握りしめている。一拍置いて、急に硬直がとけたと思ったらガクガクと痙攣《けいれん》した。

「あああッ、わ、わたし、挿れられただけで……」

千佳が濡れた瞳で俊也を見あげる。

もしかしたら、軽い絶頂に達したのかもしれない。膣のなかは、まだ激しくうねっていた。

「もうイッたんですか？」

両手で乳房を揉みあげながら尋ねる。

柔肉に指が沈みこんでいく感触が心地いい。双つの乳房をゆったり揉んでは、先端で揺れる乳首を人さし指と親指でクニクニと転がした。

「あンンっ、そ、それ、感じちゃう」

千佳が困惑したように首を左右に振りたくる。

どうやら、乳首が敏感らしい。指先で刺激するたび、膣が連動して収縮と弛緩をくり返す。媚肉でペニスを揉みくちゃにされて、快感が蓄積していく。あっという間に全身が熱く燃えあがった。

「う、動いていいですか……」

そう言ったときには、腰が勝手に動き出していた。

根もとまで埋めこんだペニスをゆっくり引き出して、亀頭が抜け落ちる寸前から再びすべて挿入する。スローペースのピストンで膣内をかきまわしながら、媚肉の感触をじっくり味わった。

「ううウッ、す、すごい、からみついてくる」

「ああッ、なかが擦れて……あああッ」

千佳の喘ぎ声がどんどん大きくなっていく。

襖一枚隔てたリビングでは、友理奈がソファで眠っている。念のため、できるだけ静かにしたほうがいい。しかし、千佳はスイッチが入ったように喘いでいる。腰をくねらせて、さらなるピストンを欲していた。

俊也は上半身を伏せると、千佳の首すじに顔を埋める。汗ばんだ首に口づけの雨を降らせて、耳たぶを甘嚙みした。そして、喘ぎ声を漏らしつづける千佳の唇を、熱いキスでふさいだ。

「あンンっ」

千佳は両腕を俊也の首にまわして、キスに応えてくれる。唇を半開きにしたので、すかさず舌を伸ばしてねじこんだ。

「俊也くん、あふンっ」

名前をささやきながら、俊也の舌を吸いあげる。

舌をからめて粘膜を擦り合わせては、唾液を交換して飲みくだす。その間も腰をスローペースで振りつづけて、ペニスで膣内をかきまわしていた。

「あむむッ、い、いいっ」

千佳がくぐもった喘ぎ声を漏らす。

俊也の口のなかに、彼女の吐息が注がれる。甘い唾液とともにすべてを吸収すると気分がさらに高まった。腰の振りかたが自然と速くなり、結合部分から聞こえる湿った音が大きくなる。

「き、気持ちいい……ううう ッ」

俊也もキスをしたまま、たまらず唸った。

快感がどんどん大きくなっている。ペニスが一往復するたびに射精欲がふくれあがり、さらにピストンスピードがあがっていく。

「あッ……あッ……い、いいっ」

千佳が両脚を俊也の腰に巻きつける。足首をフックさせると、両手も背中にまわしてしがみついた。

「ううう ッ、千佳さんっ」

身体を密着させた状態での抽送《ちゅうそう》だ。

胸板で乳房を圧迫することで、プニュッとひしゃげている。柔らかさが伝わり、興奮が倍増した。手で揉むのも気持ちいいが、こうして乳房に触れているだけでも高揚する。

「くううぅッ、も、もうっ」

息苦しくなり、キスをつづけられない。唇を離すと、俊也は限界が迫っていることを訴えた。

「わ、わたしも……あああッ」

千佳も昂った声を漏らして、腰をたまらなそうにくねらせる。

絶頂が迫っているらしく、全身が小刻みに震え出す。俊也のピストンに合わせて股間をしゃくりあげると、ペニスをより深い場所まで受け入れた。

「おおおッ、す、すごいっ、き、気持ちいいっ」

「ああッ、い、いいっ、あああッ」

千佳も手放しで喘いでいる。俊也も呻き声を抑えられず、とにかく全力で腰を振りたくる。

友理奈のことを忘れたわけではない。しかし、ふたりとも快楽に流されて、今は絶頂だけを欲していた。きつく抱き合って腰を振る。粘膜を擦り合わせることで、快感が破裂寸前までふくれあがった。

「はあああッ、も、もうダメっ」

「お、俺も、もうっ……くうううッ」

訴えた直後、ペニスがピクピクと震え出す。もうこれ以上は我慢できない。勢いよく根もとまで埋めこむと、たまりにたまった欲望を吐き出した。

「くおおおッ、で、出るっ、うおおおおおおッ！」

女体を強く抱きしめて、精液をドクドクと注ぎこむ。ペニスが膣のなかで暴れまわり、亀頭の先端から粘り気の強いザーメンを大量に放出した。

柔らかい女体を全身で感じながらの射精は、頭のなかがまっ白になるほど気持ちいい。膣が思いきり締まり、ペニス全体を絞りあげる。そうすることで、より多くの精液が噴きあがった。

「はあああッ、イ、イクっ、あああッ、あああああああッ！」

直後に千佳も昇りつめる。熱い精液を注ぎこまれたのが引き金になったのか、身体を仰け反らしてアクメの嬌声を響かせた。

「い、いいっ、いいの……」

千佳は譫言《うわごと》のようにくり返して、絶頂の大波のなかを漂いつづける。

頬を寄せ合って抱き合い、ふたりは刹那《せつな》的な快楽を共有した。膣が凄まじい勢いで締まり、ペニスをこれでもかと食いしめる。蕩《とろ》けた媚肉で締めつけられて、強烈な快感が生じていた。

「くううッ、き、気持ちいいっ」

射精はかつてないほど長くつづき、もうなにも考えられない。俊也はいつしか涎《よだれ》を垂らしながら、愉悦《ゆえつ》に酔いしれていた。

第三章　戯れの一夜

1

俊也は外まわりに行かず、社内で事務仕事をこなしていた。

とはいっても、今ひとつ集中できていない。自分のデスクでパソコンに向かっているが、先ほどから手が動いていなかった。

（どうして、あんなことしちゃったんだろう……）

思わず小さなため息が漏れる。

先日、友理奈の親友である千佳とセックスしてしまった。誘ってきたのは彼女のほうだとしても、断らなかったのは事実だ。スウェットパンツの上からペニスをしごかれて、久しぶりにセックスできる興奮に流された。

相手は人妻だ。しかも、友理奈の親友だ。

冷静になって考えると、かなりまずいことをしたと思う。千佳も同じ気持ちだったのか、朝、顔を合わせても素っ気なかった。

友理奈にばれていないかも不安だったが、まったくいつもと変わらずに朝食を作ってくれた。

「昨日は酔ってしまってごめんなさい」

申しわけなさそうに謝るから、よけいに心が痛んだ。

だが、気づかれなくてよかったと思う。まじめな友理奈のことだ。既婚者の千佳が不貞を働いたと知れば、許さないかもしれない。それに、俊也も軽蔑されそうな気がした。

（でも……）

胸の奥に後悔の念が居座っている。

セックスしたことは、ふたりだけの秘密だ。千佳が友理奈に話すとは思えない。俊也も誰にも話すつもりはない。だが、セックスをしたことに変わりはない。自分の心に嘘はつけなかった。

（俺、最低だな……）

またしてもため息を漏らして、心のなかでつぶやいた。

友理奈への恋心を自覚したため、よけいに罪悪感がふくらんでいる。自己嫌悪がこみあげて、仕事どころではなかった。

「先輩、ため息なんてついて、どうしたんですか？」

ふいに背後から声が聞こえてはっとする。振り返ると、そこにはグレーのスーツを着た原口歩実《はらぐちあゆみ》が立っていた。

「なんだ、原口か……」

思わずつぶやくと、再び前を向く。仕事はろくに進んでいないのに、キーボードに手を置いた。

「なんだ、はないんじゃないですか。かわいい後輩が心配してるのに」

歩実が文句を言っている。

あまり怒らせると、あとでめんどうなことになる。仕方なく振り返ると、歩実は不満げに唇をとがらせていた。

歩実は二年後輩の二十四歳だ。どこかあどけない顔立ちをしているので、スーツを着ていなければ大学生に見えるのではないか。セミロングの黒髪が艶々しており、ほのかにシャンプーの香りが漂っていた。

歩実が入社したとき、俊也が教育係を任された。研修期間の一か月、毎日ふたりで外まわりをして営業の基本を教えた。さらには報告書の作成の仕方などもつきっきりで指導したため、自然と距離が近くなった。

ちなみに俊也が女性を呼び捨てにするのは歩実だけだ。

当初は「原口さん」と呼んでいたが、歩実からやめてくださいと言われた。先輩から、さんづけで呼ばれることに違和感があるらしい。それから、歩実のことだけ「原口」と呼び捨てにするようになった。

「俺だって、いろいろあるんだよ」

なんとか宥《なだ》めようとして告げる。

本人が言うとおり、歩実はかわいい後輩だ。俊也が唯一、気兼ねなく話せる女性社員だった。

「いろいろって、なにがあったんですか？」

「いろいろは、いろいろだよ」

質問されても答えられるわけがない。適当にはぐらかそうとすると、歩実はますます唇をとがらせた。

「教えてくれないんですね……」

「怒るなって、たいしたことじゃないよ」

俊也は軽い口調を心がける。

しかし、なにを言っても、歩実の機嫌は直らない。頬をふくらませて、俊也の顔をにらんでいる。とはいっても、愛らしい顔をしているので迫力はまったくない。それどころか、怒った顔もかわいらしかった。

「おっ、もうこんな時間か。昼飯、食いに行くか」

気づくと昼の十二時になっていた。ちょうど腹も減ってきたところだ。

「お腹、空いてません」

「そうか、おごってやろうと思ったのに残念だな。今日はパンケーキを食べるつもりだったんだけどなぁ」

「えっ、パンケーキですか」

歩実の声が一オクターブあがる。

予想どおり食いついてきた。歩実はパンケーキが大好物なのだ。研修期間に歩実のテンションが落ちていると思ったときは、必ずパンケーキを食べに行った。そうやって元気を回復して、研修期間を乗りきったのだ。

「わたし、パンケーキ大好きなんです！」

歩実が懸命にアピールする。先ほどまで不機嫌だったのに、今は目をキラキラと輝かせていた。

「知ってるよ。でも、お腹が空いてないんじゃ仕方ないよな」

「空いてます」

「さっきはお腹、空いてないって――」

「今、お腹が空いてきたんです！」

俊也の声は、歩実の大きな声にかき消される。

歩実は胸の前で祈るように手を組んで、俊也の顔を見つめていた。アピールに熱が入るあまり、距離がどんどん近くなっている。

「じゃあ、行くか？」

「はい、行きます！」

歩実が即答する。

明るい笑顔を向けられると、心がほっこりと温かくなった。パンケーキは歩実の機嫌を取るためだったが、俊也自身にも影響を及ぼした。千佳と身体の関係を持ってしまったことも、自分のなかで消化できる気がした。

2

次の日曜日――。

友理奈は夫の三回忌があり、千葉の外房にある菩提寺に向かった。

俊也は商談のため休日出勤した。先方の事情で、どうしても日曜日しか時間が取れないという。仕方なく応じたが、商談はとどこおりなく進み、契約を取ることができたのでよかった。

(今日は、まだ帰ってないよな……)

そう思いながら、駅からマンションへと歩いていく。

三回忌の法要のあと、親戚が集まって食事をするはずだ。引き留められたら、帰りはずいぶん遅くなるのではないか。

時刻はもうすぐ午後六時になるところだ。西の空はオレンジ色に染まっており、カラスが何羽か飛んでいた。意味もなく物悲しくなる時間帯だ。いつもなら弾むような足取りで帰るが、今日ばかりはとぼとぼと歩いていた。

同居生活がはじまってから、いつしか友理奈が待っていてくれるのが当たり前になっていた。

不動産屋まわりや各種の打ち合わせで遅くなることはあるが、友理奈のほうが遅くなることはめったになかった。そして、それを普通のことだと感じるほど、友理奈は同居生活になじんでいた。

しかし、今日は友理奈がいない。

千葉の外房に戻っている。もしかしたら、夫のことを思い出して、このまま帰ってこないのではないか。ふとそんな不安がこみあげる。

友理奈がいないと思うだけで、胸の奥が苦しくなる。

（やっぱり、俺……）

想いがどんどん強くなり、拳を強く握りしめた。

コンビニに寄って弁当を買うつもりだったが、食欲はなくなっていた。どこにも寄ることなく、まっすぐマンションに帰った。

玄関のドアを開けると、黒いパンプスが目に入った。

友理奈のものに間違いない。思いのほか早く帰っていた。喜びがこみあげるが、同時に異変も感じている。いつも友理奈は履物をきちんとそろえるのだが、黒のパンプスは脱ぎ散らかしてあった。

（なんか、ヘンだな……）

不思議に思いながら革靴を脱ぐ。パンプスといっしょにきちんと並べると、廊下をリビングに向かって歩いていく。

家のなかはやけに静かだ。

友理奈が帰っているはずだが、テレビの音も料理を作っている音も聞こえない。胸騒ぎがして、気づくと小走りになっていた。

リビングのドアを開けると、照明はついていなかった。窓からオレンジ色の西日が射しこんでいる。眩しくて目が開けられないほどだ。しばらくして目が明るさに慣れてくると、俊也はフラフラとリビングに足を踏み入れた。

（友理奈さん……）

いつもはキッチンに立っているが、姿は見当たらない。視線をめぐらせると、ソファに誰かが横たわっていた。

まわりこんで確認する。やはり、そこに横たわっているのは友理奈だった。喪服を着たまま、身体の左側面を下にして横になっている。睫毛をそっと伏せており、微かな寝息を響かせていた。

（寝ちゃったのか……）

よほど疲れているらしい。

こんな時間に友理奈がソファでうたた寝しているのは、これがはじめてだ。親戚も集まるので、気疲れしたのかもしれない。それに夫のことを思い出して、心が疲弊したのもあるだろう。頬には涙の跡があった。

このまま起こさずに寝かせてあげようと思う。毛布を取りに行こうとして、ふとローテーブルの上のものが目に入った。

（あれ？）

缶酎ハイが置いてある。

三本あって、そのうちの一本はタブが開いていた。酒が弱いと自覚しているのに、缶酎ハイを飲んだらしい。開いている缶を持ちあげてみると、ほどんど空になっていた。

三回忌の法要で、夫を失った悲しみがぶり返したのだろう。酒を飲んで、乱れた心を鎮めたかったのかもしれない。そして、途中で眠くなり、ソファで横になったのではないか。

（友理奈さん……）

心のなかで呼びかける。

気の毒だと思うが、俊也にできることはなにもない。同居生活でいっときは悲しみを忘れられるかもしれない。だが、それでは根本的な解決にはならない。結局は友理奈が自分で乗りこえるしかなかった。

（それにしても……）

ついつい視線が友理奈の胸もとに吸い寄せられる。

喪服のジャケットは脱いでおり、ソファの背もたれにかかっていた。今、身につけているのはツーピースで、袖の部分が透ける素材になっている。乳房の部分がふくらんでおり、呼吸に合わせて静かに波打っていた。

膝を軽く曲げて、ソファの上に脚を乗せている。黒いストッキングに包まれたつま先が目に入り、思わずフラフラと歩み寄った。

色の濃いストッキングだが、それでも足の指がうっすら透けている。細くて長い指と、形のいい小さな爪が見えていた。とくに女性の足が好きなわけではないが、友理奈だと思うと妙にドキドキする。

(触ってみたい……)

そんな邪《よこしま》な考えが脳裏に浮かんだ。

触れたら起きるだろうか。だが、友理奈は酒を飲んで寝ると、簡単には起きないことを知っている。さすがにこの時間から朝まで起きないことはないと思うが、少しくらいは触っても気づかないのではないか。

(ちょっとだけなら……)

右手を伸ばして、指先でストッキングに包まれた足の指にそっと触れる。

「ンっ……」

友理奈の唇から微かな声が漏れる。

ドキッとして手を離すが、彼女が目を覚ました様子はない。すぐにまた静かな寝息を響かせはじめた。

(大丈夫だ……)

もう一度、右手の指先で友理奈の足の指に触れる。

今度は声を出さなかったが、足の指がほんの少し内側にまるまった。本当は起きているのではないかと不安になる。慌ててソファから離れると、友理奈の顔をじっと見つめた。

「ただいま……」

遠慮がちに呼びかける。

最初から起きていたら意味はないが、とっさに今、帰ってきたふりをした。ところが、友理奈はまったく反応しない。

「あの……友理奈さん」

少し声のボリュームをあげてみる。それでも結果は同じだった。

どうやら、本当に眠っているらしい。それなら、少しくらい触ったところで、気づくことはないだろう。

友理奈が眠っていると確信した時点で、罪悪感は薄れていた。

俊也は再び足指に触れる。今度はより大胆に手のひらでつま先を包みこみ、その手を足首へと滑らせた。

（こんなに細いんだな……）

足首の細さに驚きながら、手のひらでふくらはぎを撫であげる。

ストッキングの薄い布地ごしに、柔らかい肉の感触と体温が伝わった。心臓がバクバクと音を立てる。危険だと思いながらもやめられない。さらに手のひらを上へと滑らせていく。

黒いスカートの裾が手首にかかるが、そのまま美脚をゆっくり撫であげる。ふくらはぎから膝、そして太腿に手のひらが移動した。それにつれてスカートを押しあげる形になり、ストッキングに包まれた下肢が露出する。

スカートは太腿のつけ根近くまでまくれあがった。

くの字に流された脚が色っぽい。太腿はむっちりしており、ストッキングごしでも見ているだけで肉感が伝わる。手を伸ばして撫でまわせば、肉のむちむちした弾力を確かに感じた。

(あったかくて、気持ちいい……)

撫でているだけでうっとりする。

どうせなら、もっと見たい。ふだんは絶対に見ることのできない場所を、近くから観察したかった。

スカートを完全にまくりあげて、ストッキングに包まれた股間まで露出させる。薄い生地ごしに、黒いパンティが透けていた。

(す、すごい……)

思わず目を見開いて凝視する。

喪に服す意味で、下着も黒で統一したのだろうか。至近距離なので、精緻なレースまではっきり確認できる。パンティは股上が浅く、布地面積が少ないタイプだ。サイドの細い部分が肌に食いこみ、肉がむっちり盛りあがっていた。

俊也は震える指を伸ばして、パンティのサイドの部分にそっと触れる。ストッキングごしなのがもどかしいが、それでも盛りあがった肉の柔らかさとパンティのレースを感じ取れた。

（もっと……もっと見たい）

ソファの前にしゃがみこみ、友理奈の股間に顔を寄せる。そして、鼻先が触れる直前で息を大きく吸いこんだ。

（おおっ……）

腹のなかで思わず唸った。

甘酸っぱい女の香りと、今日一日の蒸れた匂いがまざり合い、牡の欲望を煽《あお》る芳香になっている。ふくらみかけていたペニスがいよいよ本格的に勃起して、スラックスの前があっという間に張りつめた。

興奮にまかせて、ストッキングの上から恥丘に触れる。指先で軽く押すと、柔らかい肉のプニュッという感触がわかった。

恥丘の上をなぞり、指先を内腿の隙間に近づける。

ベランダからのぞき見した友理奈のオナニーが脳裏に浮かぶ。濃いめの陰毛とサーモンピンクの陰唇が印象的だった。

今、この布地を引きさげれば、陰毛と陰唇を拝むことができる。だが、さすがにそれは危険だ。万が一、友理奈が目を覚ましてしまったら、取り返しのつかないことになる。

(ああっ、友理奈さん……)

心のなかで名前を呼ぶと、ますます気分が盛りあがった。

スラックスの上から自分の股間をつかんでグイグイしごく。とたんに快感がひろがり、我慢汁がドクッと溢れるのがわかった。

(も、もう……)

射精したくてたまらない。

友理奈の顔をチラリと見やれば、目を閉じて寝息を立てている。今なら、きっとまだ大丈夫だ。

俊也はベルトを緩めてスラックスとボクサーブリーフを膝までおろした。勃起したペニスは自分の下腹部に密着するほど反り返っている。すかさず太幹を握り、スカートをまくりあげられた友理奈の股間を凝視しながらしごきはじめた。

「うっ……ううっ」

背徳的な快感がこみあげて、思わず呻き声が漏れる。

生身の友理奈をおかずにしながらのオナニーだ。しかも、顔を股間に寄せれば、ストッキングごしに艶めかしい香りを嗅ぐことができる。この状況で興奮しないはずがなかった。

（ゆ、友理奈さん……くううッ）

手筒をすばやく動かして、ペニスに快感を与えつづける。

声をこらえるのが大変だが、危険と隣り合わせの状況がこれまでにない快感を生んでいた。亀頭の先端から透明な我慢汁がどんどん溢れて、太幹まで濡らしていく。指の動きがなめらかになり、快感がさらに大きくなる。

（ううッ、き、気持ちいいっ）

奥歯を食いしばりながらペニスをしごく。

我慢する必要がないので、すぐに射精欲がふくれあがる。ペニスは破裂しそうなほど膨張して、ヒクヒク震えはじめた。

（も、もうっ、友理奈さんっ）

心のなかで名前を呼んで、友理奈の股間に顔を寄せる。魅惑的な匂いを肺いっぱいに吸いこみ、全力でペニスをしごきまくった。

（くおおおッ、で、出るっ、おおおッ、おおおおおおおッ！）

懸命に声を押し殺して、精液を噴きあげる。とっさに左手を添えると、熱い粘液をすべて受けとめた。

酔いつぶれた友理奈を見つめながらの背徳的なオナニーだ。

危険を意識しているから、なおさら射精の快感が大きくなる。尿道口から大量のザーメンが二度、三度と連続して噴きあがり、そのたびに仰け反るほどの悦楽が全身を貫いた。

(もし、こんなことがばれたら……)

心のなかで想像すると、なぜか快感がより大きくなる。

罪の意識が強いから、それを快感でごまかそうとしているのかもしれない。なにしろ、友理奈の股間の匂いを嗅ぎながらペニスをしごいたのだ。頭の片隅に、最低の行為をしたという意識はあった。

絶頂の快感が落ち着くと、ペニスから徐々に力が抜けていく。

友理奈のまくれあがったスカートをそっと直して、俊也はゆっくり立ちあがる。そして、寝息を立てている友理奈の顔を見やった。

(すみません……)

心のなかで謝罪して背を向ける。

悪いことをしたと思うが、どうしても抑えられなかった。

興奮が急速にしぼむと、入れ替わるようにして自己嫌悪が湧きあがる。友理奈は悲しみに暮れていたのに、俊也は興奮してオナニーしてしまった。

（すみませんでした）

もう一度、心のなかで謝ると、逃げるようにリビングをあとにした。

3

最低のオナニーをしてから三日が経っていた。

俊也の胸には罪悪感があったが、なにごともなかったように過ごしている。

友理奈は自分がオナニーのおかずにされたとは気づいておらず、いつもと変わらない様子だった。

あの日、俊也はいったん外に出て、コンビニやファミリーレストランで時間をつぶした。そして、夜になると、なにも知らないふりをして帰宅した。

友理奈は起きており、缶酎ハイは片づけられていた。顔は少し赤かったが、とりあえず酔いは醒《さ》めたらしい。いつものようにキッチンに立ち、晩ご飯の準備をしているところだった。

三回忌のことにはひと言も触れなかったので、俊也もあえて聞かなかった。

悲しみを掘り返す必要はない。友理奈にはいつも笑顔でいてもらいたい。自分にその力がないのが情けなかった。

「食欲がないの？」

ふいに声をかけられてはっとする。顔をあげると、向かいの席に座っている友理奈が心配そうに見つめていた。

「い、いえ……」

つい考えごとをして、箸がとまっていたらしい。慌ててごまかそうとするが、友理奈はまだ顔をのぞきこんでいた。

「メンチカツ、苦手だった？」

今夜のメニューは手作りのメンチカツだ。

もともと俊也の大好物だが、友理奈のメンチカツはかつてないほどうまかった。惣菜屋でもやれば、大繁盛すること間違いなしだ。

「うまいです。とっても……」

俊也はメンチカツを頬張ってみせる。

しかし、友理奈は納得していない。なにかを探るように、俊也の顔をじっと見つめている。視線が重なると、内心を見抜かれそうだ。なんとなく息苦しくなり、俊也は視線をすっとそらした。

「最近、元気がないから、おかしいと思っていたの」

そう言われると心当たりがある。

友理奈にいたずらをしてオナニーした罪悪感で、彼女の目をまっすぐ見ることができなくなっていた。自分では普通にしていたつもりだが、友理奈は微妙な変化に気づいていたらしい。

「どこか具合は悪くない？」

友理奈が立ちあがり、食卓をまわりこんで俊也に歩み寄る。そして、手のひらを額にそっと当てがった。

「ちょ、ちょっと……」

俊也はとまどいの声を漏らすだけで動けない。

柔らかい手のひらの感触が心地いい。しかし、友理奈に心配されると、なおさら罪悪感がふくらんでしまう。自業自得で落ちこんでいただけだ。最低のことをしたのに心配される資格などなかった。

「お熱はないみたいね」

「だ、大丈夫です。ほら、食欲もあるし」

再びメンチカツをがっつき、ご飯をかきこんだ。

「うん、うまいっ」

空元気だが、それでも落ちこんだ顔をしているよりはましだ。

「友理奈さん、おかわり」

空になった茶碗を差し出すと、友理奈はにっこり笑ってくれた。

「はいはい、食欲はあるみたいね」

「そうだよ。元気だから心配しないで」

意識して明るい声を出した。

4

「あンっ……」

微かな声が聞こえて目が覚めた。

枕もとのスマホで時間を確認すると、深夜零時になるところだ。声は隣の和室から聞こえている。

(もしかして……)

瞬時に記憶が呼び起こされる。

また友理奈がオナニーしているのではないか。月明かりが射しこむ和室で、乳房や股間をいじっている姿が脳裏に浮かんだ。

「はンンっ」

またしても声が聞こえた。

なんとか抑えているが、甘い響きをともなっている。やはり、オナニーをしているとしか思えない。

のぞきたい衝動が湧きあがる。

ベランダから友理奈のオナニーを盗み見て、俊也も自分のペニスをしごいて思いきり射精した。あのときの快楽は、まだ記憶に新しかった。

(ダ、ダメだ……)

慌てて自分を戒める。

もう二度と友理奈をオナニーのおかずにしないと決めたのだ。しかし、こうして葛藤している間も、微かな喘ぎ声が聞こえていた。

「ンンっ……あンンっ」

甘えるような声が頭のなかで反響する。

一度、目撃した記憶があるので、友理奈がオナニーしている姿をリアルに想像できてしまう。

(見たい……)

邪な感情が生じて、急速にふくらんでいく。

頭ではいけないとわかっていても、自然と湧きあがる感情まではコントロールできない。友理奈が自分で乳首を摘まんで膣に指を挿入している映像が、頭のなかでくり返し再生されていた。

（も、もう一度……）

欲望を抑えきれない。

どうしても、友理奈のオナニーをこの目で見たい。こんなチャンスがあるのは同居している今だけだ。

（そ、そうだ……見るだけなら……）

ふと思いついた。

二度と友理奈をオナニーのおかずにしないと誓った。だが、のぞくだけなら構わないのではないか。それなら、自らの誓いを破ることにはならない。見るだけでペニスに触れなければいいのだ。

「ああっ……」

こうしている間も友理奈の喘ぎ声が聞こえている。

俊也は居ても立ってもいられなくなり、ベッドから跳ね起きるとガラス戸を慎重に開けてベランダに出た。

足音に注意しながら隣の和室に歩み寄る。壁の陰から片目だけ出してのぞくと、閉じられたカーテンに隙間があった。室内の照明は消してあるが、ちょうど月明かりが射しこんでいる。

和室の中央に布団が敷いてある。前回はそこで友理奈が仰向けになっていたが、今回は違っていた。

（なっ……）

危うく声が漏れそうになり、ギリギリのところで呑みこんだ。

確かに友理奈はそこにいるが、仰向けではなく四つん這いになっている。肘と膝をシーツにつけて、ガラス戸のほうに尻を向けていた。それはバックから貫かれるときの格好にほかならない。

（あ、あの友理奈さんが……）

ふだんのやさしい笑顔と、目の前の淫らな姿のギャップが激しすぎる。

四つん這いの格好で、右手を股間に伸ばしている。内腿の間から陰唇に指を這わせて、クチュクチュといじっていた。

「あンっ……あ、あなた……」

甘ったるい喘ぎ声を漏らしながら自慰行為に没頭している。

高く掲げた尻は、月明かりを浴びて青白く光っていた。むっちりとしていて、染みひとつない肌が牡の欲望を煽り立てる。予想外の姿を目にしたことで、俊也は激しく興奮していた。

（こんな格好で、オナニーするなんて……）

友理奈の淫らな姿をのぞきながら、何度も生唾を飲みこんだ。

もしかしたら、夫にバックから抱かれることが多かったのかもしれない。それを思い出して、四つん這いで自分を慰めているのではないか。いずれにせよ、扇情的な格好だ。

「あっ……あっ……」

友理奈が切れぎれの喘ぎ声を漏らしている。

表情を確認することはできないが、肉感的な尻はよく見える。サーモンピンクの割れ目に指が這いまわる様子もよくわかった。

愛蜜で濡れ光る陰唇を、指先でねちっこく撫でまわしている。クリトリスはぷっくりふくらんでおり、そこに華蜜を塗りつけては執拗に転がすのだ。すると、友理奈の背中がググッと弓なりに反っていく。

「はンンっ」

快感が強くなったらしい。もしかしたら、もうすぐ絶頂に達するのではないか。

(なんて、いやらしいんだ……)

俊也は夢中になって見つめながら、いつしか壁の陰から顔を完全に出していた。

友理奈がバックの体勢でこちらに尻を向けているため、簡単にはばれないだろうという読みもあった。

両目でしっかり友理奈のオナニーを凝視しているうちに、思わず右手が股間に伸びていた。スウェットパンツの上から硬くなったペニスを握り、甘い痺れが股間から全身へとひろがった。

「ううっ……」

小さな呻き声が漏れて、慌てて奥歯をグッと食いしばる。

友理奈には聞こえていなかったようで、オナニーを継続していた。バックの体勢で陰唇をいじりつづけている。そして、ついには指先を膣口に突き立てた。

「ああッ、は、入っちゃう」

夫に貫かれたときのことを想像しているのかもしれない。指の先端がほんの少しだけ、陰唇の狭間に沈みこむのがわかった。

(す、すごい……)

こんな場面を目にして、もう我慢することはできない。

俊也は自らの誓いを破り、スウェットパンツとボクサーブリーフを膝までおろして、勃起したペニスを剝き出しにする。そして、右手の指を巻きつけるなり、シコシコとしごきはじめた。

「はああッ」

友理奈の喘ぎ声が大きくなる。

テンションがあがっているのは間違いない。膣に挿入した右手の中指を小刻みに出し入れしている。動かすたびに泡立った華蜜が溢れているのが確認できた。

「あッ……あッ……」

もうすぐ絶頂に達するのではないか。突き出した尻が左右に揺れて、指の動きがどんどん激しさを増していく。

（ああっ、友理奈さんっ）

俊也もペニスをしごくスピードをアップさせる。

彼女が達するのと同時に、自分も欲望をぶちまけたい。快感を同期させることで、実際にセックスしているような感覚になっていた。

「あああぁッ」

友理奈の喘ぎ声がいっそう大きくなる。

中指を深く挿入して、感じるポイントに触れたらしい。高く掲げた尻がプルプル震えはじめた。

（イ、イクんだ。友理奈さんがイクんだ……）

絶頂の兆しを感じて、俊也も猛烈にペニスをしごく。

そのとき、夢中になるあまり、額がガラス戸にぶつかった。気づかないうちに、前のめりになっていたのだ。

ゴツッという鈍い音がベランダに響いた。その音は、当然ながら室内にも響いている。友理奈が慌てた様子で身体を起こす。そして、毛布で裸体を隠しながらベランダに視線を向けた。

(や、やばいっ……)

とっさに壁の陰に隠れる。

急いで部屋に戻ろうとするが、スウェットパンツとボクサーブリーフをおろしているため膝にからまっていた。慌てて引きあげようとしたとき、ガラス戸が勢いよく開いた。

「ト、トシくん……」

声が聞こえて、恐るおそる顔をあげる。すると、目を見開いた友理奈が立ちつくしていた。

毛布を胸にあてがって、困惑の表情を浮かべている。予想外の事態に驚きを隠せていない。先ほどまでオナニーをしていたのだから、友理奈が焦るのは当然だ。もう声すら出せないようで、俊也の顔をただ見つめていた。

俊也も言いわけが思いつかずに固まっている。なにしろ、ペニスを剝き出しにした状態なのだ。この状況を打破する妙案などあるはずがなかった。

5

「見たの？」

先に口を開いたのは友理奈だった。

今にも泣き出しそうな顔になり、不安げな口調で尋ねる。俊也は申しわけない気持ちになって目をそらした。

「み、見てません」

まっ赤な嘘だが、認めるわけにはいかない。

オナニーしているところを見られたと知ったら、友理奈は大きなショックを受けてしまう。それを考えると、絶対に認めるわけにはいかなかった。

「でも、それ……」

友理奈の視線がすっとさがる。

釣られて俊也も下を見ると、剝き出しのペニスが目に入った。しかも、思いきり勃起して、自分の下腹部にめりこみそうなほど反り返っていた。

「どうして、そんなになってるの？」

友理奈は恥ずかしげに頰を赤く染めながら尋ねる。そして、胸もとを隠している毛布をギュッと握りしめた。

「こ、これは、その……」

俊也は慌てて勃起したペニスを両手で隠す。だが、その格好が滑稽な気がして、スウェットパンツとボクサーブリーフを引きあげた。

これでペニスは隠れたが、前があからさまにふくらんでいる。こんな状況だというのに、勃起が治まってくれない。友理奈が怒り出す気がして、思わず肩をすくめて黙りこんでしまう。

「とにかく、なかに入りましょう」

意外なことに、友理奈がやさしい言葉をかけてくれる。それでも動けずにいると、俊也の手を取って室内へと導いてくれた。

友理奈がガラス戸を閉める。

和室に敷いてある布団の前で、ふたりは向かい合って立っていた。照明はついていないが、月明かりが斜めに射しこんでいる。友理奈の困ったような顔を目にして、罪悪感が胸に湧きあがった。

「す、すみません……」

絞り出すような声でつぶやく。それだけで精いっぱいだった。

友理奈の淫らな姿に魅せられてしまった。夢中になってのぞいていたが、冷静になって考えると最低なことをしたと思う。友理奈を傷つけてしまったことに気づいて、胸が苦しくなった。

「ごめんなさい」

なぜか友理奈が頭をさげる。

意味がわからずに顔を見やると、友理奈は羞恥に頰を染めながらも無理に微笑を浮かべていた。

「トシくんは悪くないわ」

「い、いえ、悪いのは俺です……」

俊也はすぐに否定するが、友理奈は首をゆるゆると左右に振った。

「わたしの声が聞こえたのね……それで、のぞいてしまったんでしょう？」

そのとおりだが、同意するとよけいに友理奈を傷つけてしまいそうだ。どう反応すればいいのかわからず、俊也は黙りこんだ。

「泊まらせてもらっているのに、わたしがあんなことをしたから……」

あんなこととはオナニーを指しているのだろう。友理奈は自分が悪いと言って、再び頭をさげた。

「わたしのせいで、こんなに……」

視線は俊也の股間に向いている。

スウェットパンツが大きく盛りあがり、勃起しているのは一目瞭然だ。俊也はどうすればいいのかわからず、彼女の顔を見ることができなくなった。

「すみません……」

「謝らなくていいの。トシくんは悪くないんだから」

友理奈はあくまでもやさしく声をかけてくれる。

そして、両手を俊也の肩にそっとあてがった。支えを失った毛布が下に落ちて、友理奈の身体が剝き出しになる。当然、本人も気づいているはずだ。それでも隠すことなく、すべてを晒していた。

「ゆ、友理奈さん……」

見てはいけないと思いつつ、目の前の裸体に視線が吸い寄せられる。

月光を浴びた女体は、神々《こうごう》しいまでに輝いていた。釣鐘《つりがね》形のたっぷりした乳房と桜色の乳首、なめらかな曲線を描いて細く締まった腰、それに濃いめの陰毛が生えている恥丘、すべてが息を呑むほど美しかった。

「見たかったんでしょう」

友理奈の声は思いのほか穏やかだ。

のぞかれたことを怒っている様子はない。それどころか、やさしげな笑みを浮かべて、スウェットパンツの上からペニスにそっと触れた。

まう。

「うっ……」

軽く手のひらが重なっただけでも快感がひろがり、思わず小さな呻き声が漏れてし
「痛かった？」

友理奈は慌てて手を離すと、顔をのぞきこんで尋ねた。

「い、いえ……」

「気持ちよかったのね」

ほっとした様子でつぶやき、スウェットパンツを引きさげる。さらにボクサーブリーフもおろして、二枚ともつま先から抜き取った。

「な、なにを……」

ペニスが剝き出しになり、羞恥がこみあげる。手で隠すのも違う気がして、露出させたまま立ちつくした。

「こんなに大きくなって……苦しそう」

友理奈はペニスを見つめてつぶやくと、俊也のTシャツも脱がして裸にする。そして、手を取って布団の上に導いた。

「横になって」

いったい、なにがはじまるのだろうか。わけがわからないまま、俊也は布団の上で

仰向けになった。

（友理奈さん、なにを……）

枕から友理奈の甘いシャンプーの香りがする。

期待と緊張が高まり、全身が熱く火照っていた。ペニスはますます硬くなって、先端から我慢汁を垂れ流している。友理奈の裸体を目にして、友理奈の視線をペニスに浴びることで、興奮は最高潮に達していた。

「すっきりさせてあげる」

友理奈が俊也の脚の間に入りこんで正座をする。そして、前屈みになると、勃起したペニスの先端にチュッと口づけした。

「うっ……ゆ、友理奈さん？」

まさかと思って己《おのれ》の股間を凝視する。

すると、友理奈と視線が重なった。恥ずかしげに頬を赤く染めながら、口もとに微かな笑みを浮かべた。

「こんなことするの、今日だけよ」

そう言って、亀頭をぱっくり咥《くわ》えこんだ。

「くううッ」

柔らかい唇がカリ首に密着する。

それだけで快感が突き抜けて、腰がビクッと小さく跳ねた。弾みでペニスが口内にズルリッと入ってしまう。それでも、友理奈は口を離すことなく、太幹をしっかり咥えていた。

(ゆ、友理奈さんが、俺のチ×ポを……)

信じられない光景がひろがっている。

己の股間を見おろせば、憧れの未亡人がペニスを口に含んでいるのだ。全裸で正座をしてフェラチオしている。のぞきがばれた直後なのに、まさかこんなことになるとは思いもしなかった。

「あふっ……はむンっ」

友理奈が顔を押しつけるようにして、ペニスを根もとまで口に含む。そして、その状態で舌を亀頭に這いまわらせる。

「そ、そんなことまで……」

唾液を塗りつけるように蠢く舌の感触がたまらない。腰に震えが走り、先走り液がトクンッと溢れるのがわかった。

「はンンンっ」

友理奈はペニスを根もとまで口に含んだまま吸いあげる。そして、喉を微かに鳴らして、先走り液を嚥下《えんげ》した。

(どうして、こんなことに……)

なにが起きているのか理解できない。とにかく、快楽の波が次から次に押し寄せて、なにも考えられなくなってしまう。

「ンっ……ンっ……」

友理奈が首をゆっくり振りはじめる。

柔らかい唇が太幹を擦りあげて、蕩けるような快楽がひろがった。唾液と我慢汁がまざり合い、極上の潤滑油となっている。なにより、友理奈にフェラチオされていると思うと、愉悦が二倍にも三倍にもふくらんだ。

「そ、そんなにされたら……」

早くも射精欲がこみあげている。

フェラチオされたのが久しぶりというのもあるが、友理奈の意外にも男のツボを心得たテクニックに翻弄《ほんろう》されていた。

(きっと、旦那さんにも……)

そう思うと、胸の奥が苦しくなる。しかし、今は友理奈の熱い唇と舌がもたらす快楽に浸っていたかった。

「あふっ……むふっ……はむンっ」

友理奈の首振りが加速する。

微かな呻き声を漏らしながら、バットのように硬化したペニスを柔らかい唇でしごくのだ。身も心も蕩けそうな快楽が押し寄せて、とてもではないが冷静ではいられない。俊也は両手でシーツを握りしめると、股間をグイッと突きあげた。

「くううッ、き、気持ちいいっ」

このままつづけられたら暴発してしまう。

すでにペニスはヒクヒク震えているが、友理奈はやめる気配がない。それどころか、さらに勢いよく首を振り立てる。

「あンッ……はむッ……あふッ」

「そ、そんなにされたら、出ちゃいますっ」

たまらず訴えるが、友理奈はフェラチオを加速させていく。唇で太幹をしごき、舌で亀頭や尿道口を舐《な》めまわす。射精欲が刺激されて、ついにはこらえきれなくなって爆発した。

「くうううッ、で、出るっ、くおおおおおおッ！」

呻き声を漏らしながら、友理奈の口のなかに精液をぶちまける。尻がシーツから浮きあがり、体が自然に仰け反った。熱い口腔粘膜に包まれての射精は、身も心も蕩けるような快楽だ。

しかし、それだけでは終わらない。友理奈はペニスを根もとまで咥えて、頬がぼっこり窪むほど吸茎した。

「ぬおおおおおおッ！」

射精中のペニスを吸われて、頭のなかがまっ白になっていく。精液が強制的に吸い出されることで、なにも考えられないほどの快楽が全身にひろがった。

「はンンンっ」

友理奈は喉をコクコク鳴らして、注ぎこまれるそばから精液を嚥下する。

大量のザーメンを一滴残らず飲みほしても、まだペニスを根もとまで咥えたまま離さない。舌で全体をねっとり舐めまわして、しっかりお掃除フェラをしてくれる。これほど強烈なフェラチオは、もちろんはじめての経験だ。

ようやく友理奈が唇を離してペニスを解放する。

それまで股間を思いきり突きあげていた俊也は、力つきたようにシーツの上に尻を落とした。

「……いっぱい、出たね」

友理奈のつぶやきが聞こえたが、答える余裕はなかった。

強烈な絶頂の余韻が全身に蔓延している。呼吸も乱れており、なにも考えられない状態になっていた。

6

呼吸が整うまでしばらくかかった。

俊也は布団の上で仰向けになった状態で呆けている。友理奈は脚の間に正座をしたまま、やさしげな瞳で俊也のことを見つめていた。

「まだ、こんなに……」

友理奈が独りごとのようにつぶやく。そして、ほっそりした指を太幹にそっと巻きつけた。

「な、なにを……」

「すごいのね。まだ硬いままよ」

「えっ……」

そう言われるまで、ペニスが勃起状態を保っていることに気づかなかった。

フェラチオによる射精で満足した。それなのに、まだ勃起していることに自分自身が驚いていた。

最高に気持ちのいい射精だった。それでも興奮状態が持続している。友理奈が相手なら、何度もでも射精できるのかもしれない。

「本当に今日だけよ」

友理奈は念を押すように言うと、俊也の尻を持ちあげて、正座をしている自分の膝に乗せた。

仰向けになっていた俊也は、これで股間を突きあげたような体勢になる。なにがはじまるのか、まったくわからない。困惑の目を向けると、友理奈は恥ずかしげに肩をすくめた。

「まだ足りないんでしょう？」

「ど、どういうことですか？」

胸の高鳴りを覚えながら尋ねる。すると、友理奈は答える代わりに乳房の谷間でペニスを挟みこんだ。

「うう っ……」

双つの柔肉に包まれて、思わず小さな呻き声が漏れてしまう。

乳房の温かさと柔らかさがペニスに伝わってくる。己の股間に視線を向けると、友理奈が乳房の両脇に手を添えて中央に寄せていた。

「こ、これって……」

いわゆる、パイズリというやつだ。

インターネットのアダルト動画で見たことはあるが、実際に体験したことはない。

まさか友理奈からパイズリしてもらえるなんて思いもしなかった。

「ど、どうして、こんなこと……」

素朴な疑問を口にする。

俊也はのぞき見をしたのだ。怒られて当然なのに、友理奈はなぜかフェラチオをしてくれた。そして、今はパイズリをしている。怒るどころか、ペニスに快楽を与えてくれるのだ。

「だって、トシくんのが大きくなってしまったのは、わたしの責任だもの」

友理奈はそう言って、上半身をゆっくり動かしはじめる。

乳房が上下に動くことで、谷間に挟んだペニスがやさしくしごかれて、これまで経験したことのない快感が湧きあがった。

「くううッ」

「一回では満足できないんでしょう」

「そ、そんなことは――ううッ」

甘い刺激がひろがり、まともに話すことができない。俊也の言葉は途中から呻き声に変わっていた。

「気持ちいいのね。あの人もこれが好きだったの……」

友理奈がぽつりとつぶやいた。

どうやら、夫にもパイズリをしていたらしい。きっと夫に教えられたのだろう。そして、何度もやっていたに違いない。友理奈の慣れた様子から、夫婦の夜の生活が垣間見えた気がした。

ふと嫉妬にも似た感情が湧きあがる。

友理奈は今でも夫のことを忘れていない。それどころか、夫のことを今でも想いつづけている。そのことはわかっていたつもりだが、あらためて現実を突きつけられて胸が苦しくなった。

（友理奈さんは、いまでも旦那さんのことを……）

こうしてパイズリをしている間も、夫のことを思い出しているのではないか。悔しさがこみあげるが、柔肉に包みこまれる快楽がすべてを押し流していく。

「こ、こんなのって……」

「トシくんもこれが好きなの？」

「こ、こんなのはじめてで……ううぅッ」

フェラチオや手でしごくのとは、次元の異なる感覚だ。

唇や指でしっかり締めつけるわけではなく、大きな双つのマシュマロに挟まれているようだ。ふわっと包まれているだけで、刺激は決して強くない。あくまでもソフトな感触が、これまでにない快楽を生み出していた。

「いっぱい気持ちよくなって……」

友理奈はささやきながら、上半身を上下に揺する。

乳房に挟まれたペニスが擦られて、フェラチオでたっぷり射精したにもかかわらず我慢汁がとまらない。それが乳房の谷間を濡らすことで竿全体に塗り伸ばされて、動きがスムーズになっていく。

「くううッ、す、すごい……」

我慢汁で濡れた柔肉で擦られるのが気持ちいい。ヌルヌルと滑る感触がたまらず、呻き声が溢れてしまう。

「どこが気持ちいいの？」

友理奈はやさしく尋ねながら、動かしかたを微妙に変える。

竿を中心にしごいたり、亀頭を柔肉の間に埋めこんで圧迫したり、さらには両手で乳房を押さえる力に強弱をつけたりして、とにかく刺激に慣れさせない。新たな快感を次々と与えられることで、我慢汁が大量に溢れていた。

しかし、手でしごくよりも刺激が弱いため、すぐに限界が来るわけではない。柔肉の谷間でネチネチこねまわされて、快感だけがふくれあがっていく。

「ゆ、友理奈さん……」

もどかしくなり腰を揺する。

すると、友理奈は俊也の気持ちを察したらしく、上半身を揺するスピードをアップさせる。同時に乳房を両脇から強く押さえて、柔肉でペニスを圧迫した。

「これで、どう？」

「ううぅッ、き、気持ちいいです」

射精欲が再びふくれあがる。

友理奈が乳房でペニスを挟んで、やさしくしごいているのだ。亀頭が乳房の谷間から現れたり、呑みこまれたりをくり返す。それを見ることでも興奮が高まり、我慢汁の湧出量が倍増した。

「も、もう、ダメですっ」

刺激が弱くてもどかしいと思っていたのに、早くも限界が迫っている。震える声で訴えると、友理奈はさらにペニスを強く擦りあげた。

「いいわよ。出して……いっぱい出して」

友理奈の声が引き金となり、絶頂の大波が押し寄せる。乳房に挟まれたペニスが小刻みな痙攣をはじめた。

「ううぅッ、ま、待ってくださいっ」

本当にこんな状態で射精していいのか迷いがある。しかし、友理奈の動きは加速する一方だ。

「気持ちいいんでしょう。遠慮しないで、いっぱい出して」

「くううッ、で、出る、出る出るっ、くおおおおおおッ！」

ついに最後の瞬間が訪れる。乳房の谷間で擦られて亀頭が露出した瞬間、尿道口から白濁液が噴きあがった。

柔らかな乳肉に包まれての射精は、これまで経験したことのない快感だ。指で猛烈にしごかれたり、唇や舌で愛撫されるのとは異なり、はるかにやさしい刺激で昇りつめた。

白濁液は勢いよく飛び散り、友理奈の唇や首すじ、鎖骨まで汚していく。刺激が弱いからといって、快感まで弱くなるわけではない。むしろもどかしい時間があったぶんだけ、達したときの快感は大きかった。

「あンっ……すごいわ」

友理奈が火照った顔でつぶやいた。

俊也が射精したことで、友理奈も満足げな表情になっている。まるで全力疾走したあとのように、ハアハアと息を切らしながらも微笑んだ。

「二回目なのに、こんなにたくさん……」

友理奈はそう言って、顔や身体についた精液を指先で拭った。

俊也は二度目の絶頂で精も根も尽き果てて、言葉を発する余裕もない。ただ、友理奈への想いが強くなるのを感じていた。

第四章　後輩ＯＬのお願い

1

五日後の昼休み、俊也は会社の屋上にいた。ベンチに座り、出勤途中にコンビニで買ったサンドウィッチとペットボトルのお茶で昼食を摂っているところだ。

これまでは外で牛丼やラーメンを食べることが多かった。だが、少しでも仕事に時間をあてたいので、早く簡単に食べられるものにした。

今日は午後から外まわりをする予定だ。食事をすませたら商談内容を確認して、必要ならば新たな資料を作成する。そして、午後一時すぎには訪問できるように出かけるつもりだ。

以前はここまで熱心に仕事をしていなかった。必死にがんばらなくても、そこそこの成績でいいと思っていた。

しかし、友理奈に恋したことで考えが変わった。このままではいけないと本気で思うようになった。

先日、友理奈はフェラチオとパイズリで二回も射精させてくれた。肉体的な快楽だけではなく、友理奈のやさしさが印象に残っている。

「わたしも悪かったわ」

「これきり忘れてね」

最後にパジャマを身につけながら、友理奈は穏やかな声でそう言った。

俊也は急速にふくれあがる恋心に動揺して、ろくに言葉を返せないまま和室をあとにした。

翌朝から、友理奈はなにごともなかったように振る舞っている。

しかし、俊也の心は前日までとはまるで違っていた。友理奈の笑顔を独り占めしたいと強く思った。

「あっ、先輩、こんなところにいたんだ」

ふいに声が聞こえて振り返る。すると、そこには後輩の歩実が立っていた。

「飯なら行かないぞ」

素っ気なく返す。今は歩実を相手にしている気分ではなかった。

「ご飯なら、もう食べました」

歩実が顎をツンとあげる。不機嫌になるかと思ったが、そんな様子もなく歩み寄ってきた。

「なんか、いいことでもあったんですか？」

「別になにもないよ」

俊也はさらりと答える。

歩実と話していると長くなることが多い。せっかく昼食を簡単にしたのに、それでは意味がなくなってしまう。

「じゃあ、俺は仕事の準備があるから」

ちょうど食べ終わったので、立ちあがってデスクに戻ろうとする。ところが、歩実がしつこくからんできた。

「ええっ、もう行っちゃうんですか」

「俺はこれでも忙しいの」

「もしかして、わたしのこと避けてます？」

歩実が唇をとがらせて、淋しげな目を向ける。そんな顔をされると、このまま立ち去るのは悪い気がしてしまう。

「そんなわけないだろ。午後に商談があるんだよ」

「本当ですかぁ」

歩実はまだ納得していないようだ。

先日は臍《へそ》を曲げた歩実を宥めるため、パンケーキをごちそうした。だが、今はそんな時間はなかった。

「本当だって。またな――」

なんとか会話を終わらせようとするが、歩実はあきらめずに話しかけてきた。

「先輩、飲みに連れていってくださいよ」

「そんな時間――」

「仕事が終わってからもダメなんですか？」

俊也の断りの言葉は、歩実の声にかき消される。

「今回の企画、わたしもがんばったじゃないですか」

そう言われて思い出す。

営業部は班分けされており、先月、営業成績を競うキャンペーンが行われた。俊也と歩実は同じ班に属していて、見事三位に入って表彰されたのだ。そのキャンペーン期間中、歩実は大きな商談を成立させていた。

「そうだったな。原口ががんばったから三位に食いこめたんだよな」

俊也は素直に認めて大きく頷く。歩実が人一倍努力したのは紛れもない事実だ。

「だから、飲みに連れていってください！」

歩実はアピールをつづけている。

実際、歩実が数字を稼がなかったら、三位はおろか入賞さえできなかった。認めるところは認めるべきだと思った。

「そうだな……じゃあ、行くか」

仕方なく了承する。

本当は早く帰って友理奈に会いたいが、がんばった後輩を冷たくあしらうことはできなかった。

「やった！」

歩実は小さくジャンプして喜んでいる。

「今日でいいですよね。どこに行きます？」

「原口が決めていいよ」

満面の笑みを目にすると、俊也も悪い気はしない。今夜くらいはつき合ってやろうという気持ちになった。

「じゃあ、どうしようかな？」

歩実はあれこれ思案しながらニコニコしている。なにやらいやな予感がして、俊也は慌てて口を挟んだ。

「ちょっと待て、こっちの予算も考えてくれよ」

「わかってますって。そんな無茶なことは言わないですよ」

一抹の不安はあるが、店の選定は歩実にまかせることにする。俊也は仕事があるからと言って事務所に戻った。

2

「本当にここでよかったのか？」

俊也は不思議に思いながら確認する。

「はい、先輩がごちそうしてくれるなら、どこでもいいんです」

テーブルを挟んで向かいの席に座った歩実が、にっこり微笑んだ。

店選びは歩実にまかせたので、多少値段が張る店になるのは覚悟していた。ところが、彼女に連れられて来たのは意外にもチェーン店の居酒屋だった。すでに個室を予約してあり、今、向かい合って席についたところだ。

しかし、頭のなかには友理奈がいる。

昼休みに飲みに行くことが決まり、今夜は帰宅が遅くなる旨を友理奈にメールで伝えた。すぐに返信があったが「わかりました」のひと言で少しがっかりした。もしかしたら、友理奈は意識的に距離を取っているのかもしれない。

（つまり、今の俺じゃダメってことだ……）

それはわかっていたつもりだが、再確認させられた気分だ。

「先輩、注文しましょう」

歩実の声ではっと我に返る。

いつにも増して元気いっぱいだ。この店はタッチパネルで注文するシステムで、歩実が画面をこちらに向けた。

「そうだな――」

俊也が画面をのぞきこむと、歩実もテーブルの上に身を乗り出して顔を寄せる。

「わたし、フライドポテトが食べたいです」

歩実が無邪気に告げるが、注文よりも距離が近いことのほうが気になった。

ふと顔をあげると、歩実のプルンッとした唇が目に入る。さくらんぼのように艶々しており、若さが溢れていた。しかも前のめりになっているため、ブラウスの襟ぐりから白いブラジャーがチラリと見える。慌てて視線をそらすが、なんとなく気まずくなってしまう。

「タッチパネルって面倒だから、原口が注文してくれ」

俊也はそう言うと椅子の背もたれに寄りかかる。

「ええっ、いっしょに選びましょうよ」

「おまえが好きなもの頼んでいいよ。飲み物はビールな」

「もうっ……」

歩実は頬をふくらませるが、それでもいくつか注文した。

すぐにビールがふたつ運ばれてくる。さっそく乾杯してひと口飲むと、歩実の機嫌が直ってくれたのでほっとした。

「例の企画、よくがんばったよな」

今夜は歩実の労をねぎらう会だ。俊也が声をかけると、歩実はくすぐったそうに笑った。

「ありがとうございます。先輩に褒められたくて、がんばりました」

照れた顔が愛らしい。

しかし、ふと疑問が湧きあがる。これだけかわいければ、すぐに彼氏ができそうだが、誰かとつき合っている気配はない。それなのに、男性社員が歩実に告白して断られたという話を何度か耳にしていた。

「おまえ、彼氏とかいないの？」

ストレートに疑問をぶつける。

ほかの女性社員には間違っても聞けない。しかし、歩実だと遠慮せずに聞くことができる。歩実もいやなことは、いやだとはっきり言う性格だ。だから、気楽に話せるのかもしれなかった。

ところが、今夜は少し様子が違っていた。

「好きな人なら……いないこともないけど……」

なにやら歯切れが悪い。いつもは即答するのに、なぜか視線をそらしてぼそぼそとつぶやいた。

そこで料理が運ばれてきて話が中断する。

フライドポテトにフライドチキン、枝豆、ホッケの開き、ポテトサラダなど、たくさんの皿がテーブルに並んだ。

「おっ、うまそうだな」

「いただきまーす」

さっそく歩実がフライドポテトを口に運んで笑顔になる。

歩実の幸せそうな顔を見ると、こちらまで楽しくなるから不思議なものだ。どういう男が好きなのか気になった。

「それで、どんな人なんだよ」

「はい？」

歩実はフライドポテトを口に咥えたまま、きょとんとした顔をする。

「おまえが、好きになった人のことだよ」

「また、その話ですかぁ」

「さっき途中で終わったから、最後まで聞かないとモヤモヤするだろ」

俊也がうながすと、歩実は仕方なくといった感じで口を開いた。

「やさしくて……面倒見がよくて……」

やはり歯切れが悪い。

よくよく考えてみれば、男女関係の話を歩実としたことはなかった。基本的に気さくな性格だが、この手の話は苦手なのだろうか。

「面倒見がいいってことは年上か？」

「まあ……そうです」

「まさか、課長じゃないだろうな」

ふと思いついたことを口にする。

課長は四十すぎだが独身だ。仕事ができて男前で、女子社員からの人気は高い。しかし、それを鼻にかけているところがあり、俊也は好きになれなかった。

「全然、違います！」

歩実の声が大きくなる。

どうやら、課長は好みではないらしい。あんな親父と歩実がつき合うと思っただけでぞっとする。ほっとすると同時に、歩実が頬をふくらませている理由がわからず首をかしげた。

「そんなことより、先輩、最近どうしたんですか？」

話題を変えたいのかもしれない。今度は歩実が質問をはじめる。いつもよりまじめな顔に見えるのは気のせいだろうか。

「なんのこと？」

俊也はホッケを口に運びながら答える。なにを聞かれているのか、今ひとつわからなかった。

「仕事ですよ。やけに熱心じゃないですか」

「おいおい、それじゃあ、今までが適当だったみたいじゃないか」

一応、反論するが、歩実の言いたいこともわかる。

確かに一所懸命、仕事に取り組んでいたわけではない。そこそこの成績でよいという考えがあった。出世すると忙しくなるわりに、給料はたいしてあがらない。仕事に追われる生活になるのがいやだった。

「今日のお昼休みも忙しそうでしたよね」

「まあな。ちょっとがんばる気になったんだよ」

「どうして、そんなにがんばってるんですか？」

歩実は次から次へと質問する。俊也がやる気を出したことが、不思議でならないようだ。

「じつは、俺も好きな人ができたんだよ」

口にすると急に照れくさくなり、慌ててビールをグイッと飲んだ。

「ウソ……」

歩実がぽつりとつぶやく。信じていないのか、目をまるくして俊也の顔を見つめていた。

「俺だって人を好きになることくらいあるよ」

「会社の人……ですか？」

「いや、会社とはまったく関係のない人だよ」

脳裏に友理奈の顔を思い浮かべる。

もし友理奈とつき合うことができたら、最高に幸せになれるだろう。手料理は抜群においしいし、穏やかな性格に癒《いや》されると思う。それに夜の生活も充実しそうだ。極上のフェラチオと蕩《とろ》けるようなパイズリの快感を体が覚えていた。

「どんな人なんですか？」

「原口の知らない人だよ」

「わたしにはいろいろ聞いたのに、そんなのずるいです。教えてくださいよ」

歩実が唇をとがらせる。

そう言われると、確かにそうかもしれない。歩実に質問しておきながら、自分が答えないのは違う気がした。

「年上の人だよ」

「いくつ上なんですか？」

「七つ年上なんだ。綺麗で色っぽくて、スタイルがよくて、仕事もがんばってて」

友理奈のことを語り出すと、ついつい熱が入ってしまう。

話ながら思うが、欠点がひとつも見つからない。褒め言葉が次から次へと溢れてとまらなかった。

「とにかく、俺とは釣り合わない人なんだ。だからこそ、がんばって釣り合う男になりたいんだ。その人の隣を堂々と歩きたいからね」

「それで、急に仕事熱心になったんですね」

歩実が小声でつぶやいた。

「じつはさ、月間の営業成績がトップになって表彰されたら、思いきって告白するつもりなんだ。今月はもうなかばだから、今から巻き返すのは厳しいけど、だからこそやりがいがあるだろ」

明確な目標があるから努力できる。これまでは、そこまで必死になって仕事に取り組んでいたわけではない。だが、今は誰よりもがんばっている。実際、営業成績は悪くなかった。

「ずいぶん、楽しそうですね」

気づくと歩実がうなだれていた。

いつの間にか表情がすっかり暗くなっている。食欲も失せてしまったのか、箸を置いていた。

「あっ、ごめん。俺の話ばっかりして、つまらなかったよな」

俊也は慌てて謝った。

友理奈のことになるとテンションがあがってしまう。つい調子に乗って延々と話していたことを反省した。しかし、歩実はうつむいたまま黙りこんでいる。なにか様子がおかしかった。

「どうしたの？」

慎重に話しかける。

こういうとき、言葉の選択を間違えると、神経を逆撫でしてしまうことがある。そうなると手に負えない。それ以上、よけいなことは言わず、歩実が口を開くのをじっと待った。

「わたし……今、フラれたんです」

しばらくして、歩実が消え入りそうな声でつぶやいた。

いったい、どういう意味だろうか。まったくわからないが、なにやら深刻な空気が漂っている。下手なことは言わないほうがいいと思って黙りこんだ。

「じつは、先輩のことが……」

次に歩実の口から紡がれたのは意外な言葉だった。

(それって、まさか……いやいや、そんなはず……)

自分の脳裏に浮かんだ考えを否定する。

まさか歩実が自分を好きになるとは思えない。研修で教育係になってから仲はいいが、恋愛感情とは違っていた。歩実のことはかわいいと思っている。だが、それは妹のような感覚だった。

「責任とってくださいよ」

「おい、責任って――」

俊也が口を開いた瞬間、歩実がうつむかせていた顔をあげた。

目に涙が滲んでいる。今にも泣き出しそうなのを懸命にこらえていた。その顔を見て、ようやく彼女の気持ちがわかった。

「じゃあ、先輩はその人にフラれたらどうですか。つらくないですか?」

「そりゃあ……つらいに決まってるよ」

営業成績でトップを取って友理奈に告白しても、受け入れてもらえるかどうかはわからない。フラれたときのことを考えると、胸がせつなく締めつけられた。

「わたし、今、すごくつらいんです。だから、責任とってください」

言っていることは無茶苦茶だが、歩実の気持ちは痛いほどわかる。わかるからこそ、突き放すことができなかった。

「でも、責任って、どうすれば……」

俊也は困惑してつぶやいた。

歩実はなにを望んでいるのだろうか。自分に置き換えて考えるが、どうしてもわからなかった。

「一回だけ抱いてください」

歩実の口から信じられない言葉が紡がれた。

一瞬、聞き間違いかと思って、目を見つめる。すると、歩実は頬を染めながら、再び口を開いた。

「一回だけでいいんです。思い出をください」

どうやら、聞き間違いではなかったらしい。

まさか歩実がそんなことを言うとは意外だった。清純なイメージなので、もしかしたら処女かもしれないと思っていた。

（いや、処女じゃないと決まったわけではないけど……）

はじめてだとしたら、さすがに責任を感じる。それを理由にきっぱり断ることもできるだろう。

「原口……おまえさ、もしかして――」

「ヴァージンじゃないですよ」

最後まで言いきる前に、歩実が言葉をかぶせる。どうやら、俊也の懸念が伝わっていたらしい。

「わたしだって、昔は恋人がいたんです。だから、重いことはないです」

「そ、そうか……」

断る理由を失ってしまった。

なんとなく、言いくるめられた感じもするが、ここまで来たら仕方がない。歩実はかわいい後輩なので、これ以上は悲しませたくなかった。

「そういうことで、行きましょうか」

歩実はすっかりその気になっている。うながされるまま立ちあがり、会計をすませて外に出た。

「ど、どこに行くんだ？」

「わたしの部屋でもいいですか？」

俊也が尋ねると、歩実は照れたように頬を赤くする。

てっきり近くのラブホテルにでも行くのだと思っていた。恋人でもない男を自分の部屋にあげることに抵抗はないのだろうか。

「いいのか？」

「だって、自分の部屋のほうが恋人気分を味わえるじゃないですか」

そう言われて納得する。

歩実はただセックスをしたいわけではない。あくまでも恋人として扱われたいと願っている。その延長線上にセックスがあるのだろう。

接しかたがわかったのはいいが、なかなかむずかしい注文だ。正直、最後までやりきる自信がなかった。

3

歩実が住んでいるアパートは、電車で五駅ほど離れたところだという。

いっしょに乗りこんだ電車は帰宅途中のサラリーマンやＯＬで混雑している。ふたりはドアの近くで、向かい合って立っていた。

混んでいるとはいえ、朝の通勤ラッシュのように押しくらまんじゅう状態というわけではない。それなのに、歩実は身体をぴったり寄せている。俊也は周囲の目が気になるが、歩実は自分の世界に入りこんでいた。

「ねえ、先輩、今日うちに来る?」

今さらなにを言っているのだろうか。先ほど行くことを了承したばかりなのに、また尋ねる意味がわからない。

「だから、さっき——」

「シッ……ちゃんと答えてください」

歩実は立てた人差し指を俊也の口に押し当てた。

「先輩、今日うちに来る?」

先ほどと同じ質問だ。

なんとなくわかってきた。すでに歩実は恋人として接している。おそらく、こういうやり取りをしたかったのだろう。

「うん、行こうかな」

俊也は彼女に合わせて答えた。

ここは歩実の願いを叶《かな》えてやるべきだと思う。最初で最後の夜になるのだから、すべて合わせるつもりだ。

「うれしい。じゃあ、いっしょにお風呂に入ろうよ」

歩実がニコニコしながらささやく。

抑えた声だったが、近くに立っていた年配の男性に聞こえたらしい。苛立《いらだ》たしげに咳払いされて気まずくなる。若いカップルが電車のなかでイチャイチャしていると思ったに違いない。

「ちょっと静かにしろよ」

俊也が注意すると、歩実は照れ笑いを浮かべて肩をすくめた。

「ごめんなさーい」

こんなやり取りも彼女にとっては楽しいらしい。しかし、偽《いつわ》りの恋だとわかっていて、虚《むな》しくならないのだろうか。

（でも、俺も……）

友理奈のことを思い出す。

今は同居をしているが、それも似たようなものではないか。俊也は友理奈との同棲生活を想像して楽しんでいた。必ず終わりが来るとわかっている。それでも、好きな人の近くにいられるだけで幸せを感じていた。

（きっと、それと同じだな……）

自分のことに重ねて考えると、歩実の気持ちも理解できる。だからこそ、ますますつき合ってやらなければと思った。

はしゃいでいた歩実も、さすがに反省したらしい。電車のなかではまずいと思ったのか、それ以上はしゃべらなかった。

駅に着いて改札口を抜けると、歩実が寄り添ってきた。

「手、つないでいいですか？」

そう言ったときには、すでに俊也の手を握っていた。しかも、指をしっかり組み合わせる、いわゆる恋人つなぎというやつだ。

「こういうの、やってみたかったんです」

隣を見やると、歩実はニコニコしている。いつも元気いっぱいだが、これほど楽しそうな顔は記憶になかった。

「アパートまで遠いのか？」

「バスで十分くらいです」

歩実はこともなげに答える。すでに駅から離れているが、どこでバスに乗るのだろうか。

「バス停は？」

「とっくに通りすぎました」

「おい……」

「いいじゃないですか。バスだとすぐに着いちゃうでしょ。こうして先輩と歩いてみたかったんです」

弾むような声だった。

バスで十分のところを徒歩だと何分かかるのだろうか。しかし、歩実が楽しそうなので、文句を言うのはやめておいた。

歩実は手をしっかりつないで、しかも身体をぴったり寄せている。女性にこれほど好意を持たれるのは、はじめての経験だ。大学時代につき合っていた恋人でさえ、こんなにまっすぐな愛情を向けてはくれなかった。

とまどいはあるが、正直、悪い気はしない。しかし、心から納得しているわけではなかった。

（どうして俺のことなんて……）

いくら考えてもわからない。

新人研修以来、慕ってくれているとは思っていたが、恋愛感情を持っていたのは意外だった。なにしろ、歩実は愛らしいルックスと明るい性格で、男性社員が何人も告白するほど人気がある。その気になれば、いつでも恋人を作れるはずだ。

「ひとつだけ聞いていいか？」

恋人として接してほしいのはわかっている。だが、この疑問だけは解決しておきたかった。

「いいですよ」

歩実は俊也の腕にしがみついたままつぶやいた。

顔を少しうつむかせているので表情は確認できない。世界観を壊されて不機嫌になったのかもしれないが、尋ねるなら今しかなかった。

「おまえ、モテるじゃないか。どうして俺なんだよ」

口には出さなかったが、自分よりいい男はたくさんいる。歩実が振った男のなかには、成績優秀で将来有望な者も含まれていた。

「だって、先輩は新人研修のときやさしくしてくれたから……わたし、全然ダメだったのに先輩だけは見捨てなかったでしょ」

そう言われて思い出す。

新人のころ、歩実は仕事の覚えが悪かった。研修のときからミスを連発して、課長は呆れかえっていた。だが、そのたびに俊也がフォローしていたのだ。自分も仕事に慣れるまで時間がかかったので、放っておけなかった。

「わたしが内勤にまわされそうなのを、先輩が引き留めてくれたんですよね」

「どうして、そのことを……」

じつは課長が歩実のことをお荷物だと考えて、営業部から内勤に異動させようとしていた。それを聞いた俊也が、一人前になるまで自分が面倒を見ると言って、課長を説得したのだ。

「課長に言われたんです。先輩がいなかったら、おまえは営業部にいられなかったんだぞって」

「どうして、言っちゃうかな……」

思わずむっとしてつぶやいた。

進言したのは事実だが、それを本人に伝える必要はないだろう。恩着せがましい感じになるのはいやだった。

「でも、課長にそれを聞く前から、先輩のこと好きになってましたけどね……ふふっ、言っちゃった」

歩実はそう言って楽しげに笑う。そして、俊也の腕に頬ずりをする。

「俺、あのとき生意気なこと言ったけど、課長はまずおまえが早く一人前になれって怒ってたよ」

当時のことを思い出した。

それでも、課長は俊也の言葉を受け入れてくれたのだ。そう考えると、悪い上司ではないのかもしれない。

そんな話をしながら歩きつづける。

結局、歩実のアパートに到着するまで四十分以上もかかった。しかし、それほど長くは感じなかった。なにより、寄り添ったまま話をしていたせいか、本当につき合っているような気分になるから不思議なものだ。

4

「せ、先輩……ンンっ」

歩実がとまどった声を漏らすが、構うことなく唇を奪った。

ずっと身体を密着させていたため、欲望が高まっている。恋人として振る舞わなければという思いもあり、部屋に入るなり躊躇せずに抱きしめた。

「原口……あ、歩実」

恋人なら下の名前で呼ぶはずだ。キスをしながら呼びかけると、歩実は睫毛を静かに伏せて、目尻から透明な涙をこぼした。

「うれしい……」

歩実はさくらんぼのような唇を半開きにする。

突然のキスを受け入れてくれたので、俊也はすかさず舌を口内に挿《さ》し入れた。そして、甘い口腔粘膜をねっとり舐めまわす。ところが、歩実の舌は奥のほうで縮こまったままだ。

（キスは苦手なのか？）

強引すぎたかもしれない。いったん唇を離すと、至近距離から歩実の顔をのぞきこんだ。

「もしかして、キスは嫌いだった？」

「そ、そうじゃないんですけど……そんなにしたことなくて……」

歩実は恥ずかしげに頬を赤く染めている。

どうやら、あまり慣れていないらしい。処女は卒業しているが、それほど経験があるわけではないのだろう。

部屋は十畳ほどのワンルームだ。白のベッドとローテーブル、カラーボックスとテレビ台も白で統一されている。絨毯とカーテンは淡いピンクという、いかにも女性らしい部屋で男っ気はまったくない。

彼氏がいたのは、ずっと前のことなのだろう。最後にキスをしてから、ずいぶん時間が開いているのかもしれない。

（そういうことなら、俺がリードしないと……）

俊也も経験が豊富というわけではないが、歩実よりは慣れていると思う。

最近、千佳とセックスをして、友理奈にフェラチオとパイズリをしてもらった。どちらも記憶に新しいので、多少なりとも心に余裕がある。

「大丈夫だよ。俺にまかせて」

安心させるように声をかけると、腰に手をまわしてベッドに歩み寄った。

「あ、あの、先輩……お風呂は？」

歩実が小声で告げる。

「そんなのあとでいいよ」

俊也はそう言うと、再び歩実の身体を抱きしめて唇を奪った。

ある程度、勢いも必要だ。風呂に入っている間に、せっかく盛りあがった気持ちが落ちてしまうのを懸念していた。このままの流れではじめるのが、いちばんスムーズな気がする。

「歩実……うむっ」

再び舌を挿し入れて、歩実の舌をからめとって吸いあげた。

「ンンっ……」

歩実は微かな呻き声を漏らすだけで固まっている。

やはりディープキスに慣れていないのだろう。どうすればいいのかわからないといった感じで、全身が凍りついたように硬直していた。

それでも、俊也はじっくり口内を舐めまわす。頬の内側や歯茎に舌をねっとり這わせて、舌先でやさしく愛撫するような動きを心がける。唾液を塗りつけては、反対に彼女の唾液を吸いあげて飲みくだした。

（甘い……なんて甘いんだ）

メープルシロップのような甘さに感激する。

ディープキスを交わしたことで、ますます気分が盛りあがり、押し倒したい衝動に駆られてしまう。

だが、欲望のままに行動するのは違う。ここは歩実のことを考えて、やさしく接しなければならない。逸る気持ちを懸命に抑えこみ、彼女の柔らかい舌を慎重に吸いあげた。

「はンンっ……」

やがて歩実も遠慮がちに舌を伸ばして、俊也の口のなかに忍ばせる。そして、ネロネロとやさしく舐めはじめた。

「あンっ、先輩……はむンっ」

さらには俊也の舌をからめとり、チュウチュウと吸いあげる。

たった今、俊也がやったのを真似た拙いディープキスだが、それでも積極的に唾液を飲んでいるのだ。

（まさか、原口とキスするなんて……）

まったく予想していなかったことが現実になっている。

今夜、居酒屋で乾杯するときは、ただの先輩と後輩だった。それなのに、わずか数時間後には濃厚なディープキスを交わしている。そして、これからもっと淫らなことを行おうとしていた。

想像すると、抑えていた興奮が盛りあがってしまう。

キスをしながら歩実のジャケットを脱がすと、自分もジャケットを脱ぎ捨てる。そして、ブラウスの上から歩実の背中を撫でまわす。指先にブラジャーのベルトが触れたことで、さらに興奮が加速した。

唇を離すと、左手を彼女の腰にまわしたまま、右手でブラウスのボタンを上から順にはずしていく。前がはらりと開いて、純白のブラジャーがチラリと見えた。

「あ、あの……電気を消してください」

歩実が小声でつぶやく。

明るいのが気になるらしい。だが、俊也はブラウスの肩を滑らせて、腕からゆっくり引き抜いた。

「電気を消したら、歩実のきれいな身体が見えなくなっちゃうだろ」

そう語りかけながら、ブラジャーに覆われた胸もとに視線を這わせる。

「は、恥ずかしいです……」

歩実は両腕を身体の前でクロスさせて胸もとを覆い隠した。

下着姿を見られることすら恥ずかしいらしい。それでも、もう電気を消してほしいとは言わなかった。

俊也はタイトスカートのホックをはずしてファスナーをさげていく。

その間、歩実は顔をまっ赤にして立ちつくしている。抗うわけでもなく、されるがままになっていた。

タイトスカートをおろして足先から抜き取り、さらにナチュラルカラーのストッキングも引きおろす。つま先から取り去れば、歩実が身につけているのは純白のブラジャーとパンティだけになった。

「せ、先輩……わたしだけなんて……」

歩実は両腕で胸を隠して、極端な内股になっている。

自分だけ下着姿になったことで、よけいに羞恥が増しているらしい。俊也は急いでスーツを脱ぐと、ボクサーブリーフ一枚になった。

「えっ……」

歩実が小さな声をあげる。

視線は俊也の股間に向いていた。ボクサーブリーフの前が大きく盛りあがり、黒っぽい染みがひろがっている。ディープキスの刺激で反応したのだが、歩実は驚いた顔で見つめていた。

「どうかした？」

俊也が尋ねると、歩実は顔をまっ赤にして視線をそらす。そして、顔をうつむかせて左右に振った。

照れている歩実がかわいくてたまらない。

もしかしたら、明るい場所でセックスしたことがないのかもしれない。ということは、ペニスをまともに見たことがないのではないか。

（そういうことなら……）

俊也はボクサーブリーフも脱ぎ捨てて、すでに天井を向いて勃起しているペニスを剝き出しにした。

「あっ……」

歩実が声をあげるが、今度は視線をそらさない。それどころか、顔をまっ赤にしながらも興味津々といった感じで見つめていた。

「どうかな？」

「ど、どうって、言われても……」

返答に窮しているが、ペニスを観察している。羞恥よりも好奇心のほうが勝っているらしい。

「今度は歩実の番だよ」

俊也は彼女を抱き寄せると背中に手をまわす。そして、ホックをはずすとブラジャーを奪い去った。

「ま、待ってください。やっぱり電気を……」

歩実は乳房を抱いて訴える。

しかし、俊也は聞く耳を持つことなく、パンティに指をかけた。目の前にしゃがみながら一気に引きさげる。歩実はすかさず左手で股間を覆うが、その隙につま先からパンティを抜き取った。

これで歩実が身につけている物はなにもない。

一糸まとわぬ姿になり、右手で乳房を左手で股間を隠している。顔をまっ赤にして恥じらう様子がかわいくて、牡の欲望を刺激した。

「歩実のすべてが見たいんだ」

俊也は本当の恋人になった気持ちで熱く語りかける。

すると、歩実は内股で裸体をモジモジとよじらせていたが、やがて乳房と股間を覆っていた手をそっとはずした。

（おおっ……）

思わず腹底で唸るほどの瑞々しい女体が露になった。

乳房はお椀を双つ伏せたように張りがある。大きさは友理奈や千佳に比べたら小ぶりだが、若さが満ちあふれている。乳首は肌色に近い薄ピンクで、いかにも経験が少なそうだ。

股間に視線を向ければ、陰毛はうっすらとしか生えていない。どうやら、生まれつき薄いようだ。恥丘に走る縦溝が透けて見えるほどで、愛らしい顔立ちの歩実に合っている気がした。

「やだ……そんなに見ないでください」

羞恥に耐えかねたのか、歩実が涙目になって訴える。それでも律儀に両手は身体の両脇につけたままで、身体を隠そうとはしなかった。

恥じらう表情もかわいくて、ますますペニスが硬度を増していく。先端からは透明な汁が次から次へと溢れていた。

「すごくかわいいよ」

思ったことを素直に口にする。すると、その直後、歩実の目から大粒の涙が溢れて頬を伝い落ちた。

「お、おい、どうしたんだよ？」

「だ、だって、先輩がわたしのこと、かわいいって……うっ、うぅっ」

歩実はしゃくりあげてしまって言葉にならない。

褒め言葉のつもりだったが、なにかまずかったのだろうか。俊也は困惑しながら、とにかく歩実の背中を手のひらで擦りつづけた。

「やっぱり、先輩はやさしいです」

しばらくして落ち着きを取り戻すと、歩実はぽつりとつぶやいた。

「なんか、よくわからないぞ……」

どうして泣いたのか、まったく理解できない。首をかしげていると、歩実が再び口を開いた。

「だって、ウソでもうれしかったんです。先輩がかわいいって言ってくれて」

「ウソじゃないよ。本当にかわいいと思ったから言ったんだ」

そんなことかと内心ほっとしながら答える。すると、歩実は驚いたように両目を見開いた。

「でもっ、これまで言ってくれたことなかったじゃないですか」

「そうだっけ？」

「そうですよぉ、もっと言ってください」

今度は一転して甘えるような口調になっている。子猫のようにクリクリした瞳で見つめられて、胸の鼓動が速くなった。

「かわいいよ……」

声をかけながら頭を撫でる。すると、歩実は目を細めて、うっとりした表情を浮かべた。

「幸せ……このまま時間がとまればいいのに」

独りごとのようなつぶやきだった。

こんなにも想われていたのかと内心、うれしく感じるとともに激しく動揺する。彼女の気持ちにまったく気づいていなかった。

5

(よし、今日はたくさん気持ちよくしてやる)

一度きりの交わりだ。徹底的に感じさせるつもりで、瑞々しい裸体をベッドの上に押し倒した。

「せ、先輩、待ってください」

歩実が不安げな声を漏らす。

ここまで来て、やっぱりやめると言い出すのではないか。こちらはすっかりその気になっていたので中止はつらいが、歩実の望みなら仕方がない。

「どうした?」

平静を装って尋ねる。すると、歩実が仰向けのまま両膝をぴったり寄せて、濡れた瞳で俊也を見つめた。

「しばらく、してないから……」

最後にセックスしてから時間が開いているらしい。久しぶりなので、怖さがあるのだろう。

「大丈夫、やさしくするから」

できるだけ穏やかな声で語りかける。すると、歩実は不安な表情ながらも、口もとに微笑を浮かべて頷いた。

（慎重にやらないとな……）

俊也は添い寝の体勢で、まずは歩実の頬にそっと口づけする。さらに唇にキスをしながら、右手で乳房をゆったり揉みあげた。

「ンンっ……」

歩実が小さな声を漏らす。

瑞々しい乳房はプリッとして張りがある。指を跳ね返すほどの弾力だが、じっくり揉んでいるとどんどん柔らかくなるから不思議だ。

さらに指先で乳輪をなぞると、女体が微かに仰け反った。歩実は困ったように眉を歪めて、呼吸をわずかに荒くする。乳首には触れないようにして、乳輪だけを指先でくすぐりつづけた。

「ンっ……そ、そこばっかり……」

歩実が小声で訴える。

微妙な刺激だけを与えられて、焦《じ》れてきたのかもしれない。内腿をモジモジ擦り合わせており、瞳がせつなげに潤んでいた。

「せ、先輩……もっと……」

どうやら、さらなる刺激を欲しているらしい。緊張が解けてきた証拠だ。こうなれば、俊也としても愛撫に熱を入れられる。

「触ってもいい？」

「さ、触ってください……」

歩実が恥ずかしげに告げる。それならばと、乳首をそっと摘まみあげた。

「はンンっ」

とたんに女体がビクッと反応する。歩実の顎が跳ねあがり、張りのある双つの乳房がタプンッと揺れた。

内腿は強く閉じたままで、つま先が内側に向いている。反射的に股間をガードしているのか、それとも脚を閉じることで女性器を刺激しているのかもしれない。足の親指同士を重ねて、下肢をモジモジさせていた。

「ここが感じるんだね」

　耳もとでささやきながら、乳首を指先でやさしく転がす。表面を撫でるように刺激すると、瞬く間に充血してぷっくりふくらむ。柔らかかった乳首が硬くなり、やがてピンピンにとがり勃《た》った。

　左右の乳首を同じように愛撫して、どちらも同じように隆起させる。そして、顔を寄せると乳首に舌を這わせた。

「あンっ……」

　歩実の唇から甘い声が溢れ出す。

　先ほどよりも色っぽい声になっている。乳首はますます硬くなり、舌の動きに合わせて腰が右に左にくねりはじめた。

（よし、そろそろ……）

　俊也は彼女の下半身に移動すると、両膝に手をかける。そして、ゆっくり力をこめて、左右に割り開いていく。

「ま、待ってください……」

　羞恥がこみあげたらしく、歩実が慌てて膝を閉じようとする。明らかに力が入っており、下肢がプルプルと震えていた。

「怖くなった？」

「そ、そうじゃないですけど……」

きていた。


「じゃあ、どうしたの？」

声をかけながら、手に少しずつ力を入れていく。膝と膝が離れて、小さな隙間ができていた。

「は、恥ずかしいから……」

「大丈夫だよ。すぐに気持ちよくしてあげる」

俊也は自分の膝を、彼女の脚の間にこじ入れる。そのまま覆いかぶさり、ついには左右の膝をM字形に押し開いた。

「ああっ、見ないでください」

歩実の唇から羞恥に満ちた声が溢れる。両手で自分の顔を覆い隠して、首を左右に振りたくった。

俊也は前屈みになり、彼女の股間をのぞきこむ。二枚の陰唇はいかにも経験が少なそうなミルキーピンクだ。それでも割れ目から透明な汁が溢れており、女陰をしっかり濡らしていた。

恥丘には陰毛がうっすらとしか生えていないのに、女性器は大量の愛蜜で濡れ光っている。そのギャップが淫らで、牡の欲望がますます燃えあがった。

(でも、まだだ……)

すぐに挿入したい衝動が押し寄せる。

だが、歩実の初心《うぶ》な反応を見ていると、焦ってはいけない気がした。もっと慎重に愛撫する必要があるだろう。

「お、お願いです、見ないで……」

視線すら刺激になるらしい。歩実はしきりに腰をよじっている。経験はそれほどなくても、身体は敏感なのかもしれない。

(そういうことなら……)

さらに前屈みになり、顔を濡れそぼった女陰に寄せる。むしゃぶりつきたい欲望を抑えこみ、息をフーッと吹きかけた。

「はああンっ」

思ったとおり、歩実は敏感に反応する。押し開いている内腿に小刻みな痙攣が走り、鳥肌がサーッとひろがった。

「な、なにしてるんですか？」

「歩実のオマ×コを見てるんだよ」

わざと卑猥な単語を投げかける。すると、歩実は顔を隠したまま、再び首を左右に振った。

「い、いやです……」

「すごく濡れてるよ」

「そ、そんなはず……」

本当はわかっているはずだ。しかし、羞恥が邪魔をして、認めることができないのかもしれない。

「ほら、こんなに濡れてるんだよ」

俊也はついに口を女陰に押し当てる。とたんにクチュッという湿った蜜音が響きわたった。

「この音、聞こえるだろ?」

「あンンッ、ダ、ダメぇっ」

女体が仰け反り、歩実の唇から甘ったるい声が溢れ出す。感じているのは明らかで、愛蜜の量が一気に増えた。

「これが感じるんだな」

舌を伸ばして、割れ目を下から上に向かって舐めあげる。すると、新たな愛蜜を垂れ流しながら、女体がますます仰け反った。

「ああぁッ、そ、そんなところ、舐めちゃ……汚いから」

風呂に入っていないことを気にしているらしい。しかし、少し蒸れた匂いが牡の本能をなおさら刺激していた。

「歩実の身体に汚いところなんてあるはずないだろ」

語りかけながら、さらに大胆に女陰を舐める。左右の陰唇を交互に口に含み、クチュクチュとしゃぶりまわした。

「ああッ、ダメぇっ、あああッ、ダメなのに……」

歩実は仰け反って喘ぎ、裸体を小刻みに痙攣させる。

もう下肢には力が入らなくなり、無理やり押さえつけていなくても脚を大きく開いたままになっていた。

割れ目の上端にあるクリトリスに愛撫の矛先を向ける。舌先で愛蜜をすくいあげると、ツルリとした小さな突起に塗りつけた。そして、ねっとりと円を描くように舐めまわす。

「はンンッ……な、なに？」

新たな刺激に、歩実が驚きの声をあげる。

「ここを舐められるの、はじめて？」

「そこだけじゃなくて……」

俊也が質問すると、歩実はとまどった声で返答した。

そもそもクンニリングスが初体験だったらしい。歩実がつき合っていた男は、丁寧な愛撫を施していなかったのだろう。

「じゃあ、教えてやるよ」

俊也は再びクリトリスを舐めはじめる。

何度も舌先で愛蜜をすくっては塗りつけることをくり返す。そうやって、たっぷり濡らせば滑りがよくなり、快感も増すのではないか。さっそく慎重に舌を這いまわらせると、女体の反応が明らかに大きくなった。

「あああッ、そ、それ……はあああッ」

歩実が股間を突きあげて、喘ぎ声をほとばしらせる。

ふだんの愛くるしい顔からは想像がつかない淫らな姿だ。愛蜜の量も増えて、シーツに染みがひろがっていく。舌先でクリトリスを転がすほどに、女体の震えが大きくなった。

「そ、それ以上されたら……はあああッ」

「イキそうなんだな。イッていいぞ」

俊也は声をかけながら、右手の人差し指で割れ目をなぞる。

「ああッ、こ、怖い……イッたことないんです」

衝撃の告白だ。経験が少ないのはわかっていたが、まだ絶頂を知らないらしい。今の口ぶりだと、オナニーもしていないようだ。

「気持ちよさに身をまかせるんだ。抵抗しちゃダメだぞ」

言い聞かせるように語りかけると、愛撫を再開する。舌でクリトリスをやさしく転がして、右手の人さし指を膣に浅く挿入した。

「はううぅッ」

膣口がすぐに収縮して、指先を締めつける。

経験が少ないせいか、強烈な締まり具合だ。その状態で、クリトリスを口に含んで吸引する。舌も使ってねちっこく舐めつづけた。

「あああッ、ダ、ダメっ、こ、怖いっ」

歩実は未知の快楽に襲われているようだ。絶頂が迫っていることに恐怖して、全身を硬直させている。だが、もう少しで絶頂に達するに違いない。俊也はそう信じて、猛烈にクリトリスを吸いあげた。

「うむうううッ」

「あああああッ、い、いいっ、気持ちいいっ、はあああああああッ！」

女体が大きく仰け反り、硬直した直後にビクビクと激しく痙攣する。膣がさらに締まって、指先をギュウッと締めつけた。愛蜜の分泌量が増えている。女陰が小刻みに震えたと思ったら、透明な汁がわずかにプシャッと飛び散った。

（よし、潮《しお》まで吹いたぞ……）

俊也は口もとを手の甲で拭うと、心のなかでつぶやいた。

歩実が絶頂に達したのは間違いない。

やがて脱力してシーツの上に四肢を投げ出した。呼吸がハアハアと乱れている。視線は天井に向けられているが、焦点は合っていなかった。

6

俊也は脱力している歩実の裸体に覆いかぶさった。

ペニスはこれ以上ないほどそそり勃ち、尿道口から大量の我慢汁が涎《よだれ》のように溢れている。亀頭はパンパンに張りつめており、肉竿には太い血管が蜘蛛《くも》の巣状に走っていた。

濡れそぼった女陰に亀頭を押し当てると、先端をほんの少し沈みこませる。その刺激で歩実がはっとしたように首を持ちあげた。

「せ、先輩っ……」

「呆けてたけど、大丈夫か？」

動きをとめて声をかける。すると、歩実は首を小さく左右に振った。

「まだ、イッたばっかりだから……」

「はじめてイッた感想は？」

「うん……すごかった」

絶頂の快感を思い出したのかもしれない。歩実は顔を赤く染めて、消え入りそうな声でつぶやいた。

「そうか、よかったな。じゃあ、次はチ×ポでイカせてやるよ」

俊也は話しかけながら、ペニスをゆっくり押し進める。ヌプッと音がして、亀頭が完全に膣のなかに入りこんだ。

「あンンっ……お、大きいっ」

歩実が喘ぎまじりに訴える。

両足が宙に浮いて、つま先までピーンッとつっぱった。まだ亀頭しか入っていないが、膣を押し広げられる衝撃に身体が反応していた。

「こ、こんなに大きいなんて……」

歩実は驚きの声をあげて、呼吸を荒らげている。

つき合っていた男のペニスより、俊也のほうが大きいらしい。気をよくして、さらにじわじわ押しこんだ。

「ンンっ、ま、待って……ああンっ、待ってください」

苦しげに訴えるが、それだけではない。甘い声もまじっているから、俊也は休むことなくペニスを根もとまで挿入した。

「はあああンっ」

「全部、入ったぞ」

「はンンっ……こ、こんなに奥まで……」

歩実は右手を自分の臍の下に置くと、息を乱しながら俊也を見あげる。

どうやら、ペニスの先端がそこまで到達しているらしい。長大なペニスを挿入された衝撃で、彼女の下腹部は妖しげに波打っていた。

「なかがヒクヒクしてるぞ……ううッ」

思わず呻き声が溢れ出す。

膣壁が波打つようにうねっている。おそらく女体の自然な反応だ。根もとまで入っているペニスを、さらに奥へと引きこむように膣壁が動いていた。その蠕動《ぜんどう》運動が快感を生み出しているのだ。

「よ、よし、動くぞ……」

「まだ……も、もう少し待ってください」

歩実が弱々しい声で訴える。

しかし、俊也の欲望は限界までふくれあがっていた。慎重なクンニリングスで追いあげてから、ようやく挿入できたのだ。思いきり腰を振って、快楽を貪りたい。歩実をよがり泣かせて、自分もザーメンをぶちまけたかった。

「ゆっくり動くから……」

そう言いながらピストンを開始する。

じわじわと腰を引いて、ペニスを後退させていく。カリが膣壁を擦り、大量の華蜜がかき出される。

「あああッ、なかが擦れてますっ」

歩実が涙目になって、身体を仰け反らせた。

久しぶりのセックスで、しかも大きいペニスで擦られて、女体は激しく反応している。膣が猛烈に締まり、太幹をギリギリと絞りあげた。

「くううッ、そ、そんなに締めつけるなよ」

「ご、ごめんなさい、勝手にそうなっちゃうんです」

「もう一度、挿《い》れるぞ」

亀頭が抜けそうになると、再び数ミリずつ前進させる。

膣は収縮して狭くなっているため、またしても亀頭をねじこんでいく。みっしりつまっている媚肉をかきわけて、あくまでもゆっくり挿入する。そして、ペニスを根もとまで埋めこんだ。

「ああンっ、やっぱり大きいです」

歩実は小声でつぶやくが、先ほどよりも余裕がある。

膣がペニスのサイズに慣れてきたのかもしれない。大量の愛蜜と我慢汁がしっかりまざりあって、抽送の手助けをしているのもあるだろう。この様子なら、少しくらい動いても大丈夫そうだ。

「もう、苦しくないよな？」

「苦しくはないですけど——あああッ」

ピストンを開始したことで、歩実の唇から喘ぎ声が溢れ出す。

まともに話すことができないほど、刺激が強いらしい。カリで膣壁を擦りあげてやれば、女体が大きく仰け反った。

「そ、そんなにされると……はああッ」

「これがいいんだな……」

自然とピストンスピードがあがっていく。両手でくびれた腰をつかんで、ペニスを力強く出し入れする。張り出したカリが膣壁を擦るたび、女体がビクビク反応して膣の締めつけが強くなった。

「ああッ、せ、先輩っ、あああッ」

歩実が愛らしい顔を快楽に歪めている。喘ぎ声がとまらなくなり、いつしか両手を俊也の腰に添えていた。

「もっと速くしていいか？」

「は、はい……も、もっと速く……」

歩実がこくりと頷いてくれる。

もしかしたら、俊也に合わせているのかもしれない。自分の快楽を追求するのではなく、こちらのことを考えているのではないか。自分はすでにイッたので、今度は俊也に気持ちよくなってほしいと思っているのだろう。

「歩実……じゃあ、速く動くよ」

もう一度語りかけると、歩実はにっこり微笑んだ。

腰の動きを徐々に速くする。すでに充分濡れているので、ペニスの動きはスムーズだ。カリが膣壁をえぐるように擦りあげて、膣道全体が激しくうねる。華蜜と我慢汁の量が増えているため、湿った音がどんどん大きくなっていく。

「あッ……あッ……は、激しいですっ」

「激しいのは嫌いか？」

俊也は両手で歩実の左右の足首をそれぞれ握る。そして、ペニスを深く挿入したまま一気に持ちあげた。歩実の股間が天井を向く格好になり、俊也はペニスが抜けたいように中腰の姿勢になる。

「な、なにをするんですか？」

歩実がとまどいの声を漏らす。

自分の膝が、顔の両脇に来るほど身体を折り曲げられているのだ。いわゆる、まんぐり返しの体勢だが、経験の浅い歩実はもちろん知らないだろう。羞恥に顔をまっ赤に染めているが、身をよじったりはしなかった。

「は、恥ずかしいです……」

「この格好だと、奥まで入るんだよ」

真上から体重を浴びせて、ペニスをより深い場所まで押しこんだ。

「はンンンッ、そ、そんなに……」

痛がる様子がないので、そのまま腰振りを再開する。ペニスをじりじりと後退させては、勢いよく根もとまでたたきこむ。そのスピードをあげていくと、歩実はすぐに喘ぎはじめた。

「ああッ、い、いいっ、あああッ」

「こ、これがいいのか……ううッ」

いつしか俊也の声もうわずっている。ペニスを女壺の奥まで埋めこむことで、快感のレベルが格段にあがっていた。

「いいっ、あああッ、気持ちいいのっ」

「おおおッ、出すぞ、出すぞ……」

ふたりの興奮の声が重なる。自然とピストンが激しくなり、思いきりグイグイと出し入れした。

「なんか、わたし……あああッ」

「おおおおッ、歩実っ」

歩実の両脚を肩で押さえつけて、連続でペニスをたたきこむ。真上から打ちこむ形になるため、勢いがどんどんついていく。

「わたし、またっ、あああッ」

「おおおッ……おおおおおッ」

見つめ合うことで、快感がさらに大きくなる。欲望のままに腰を振り、いよいよラストスパートに突入した。

「はあああッ、せ、先輩っ、またイッちゃいますっ」

「いいぞ、イッていいぞ、ぬおおおおッ」

「あああッ、イクッ、あああッ、イクイクううううッ！」

ついに歩実が絶頂を告げながら昇りつめる。まんぐり返しの窮屈な体勢で、裸体をビクビクと痙攣させた。

「くううッ、で、出るっ、歩実っ、くおおおおおおおッ！」

その直後に俊也も絶頂に到達する。

ペニスを勢いよく突き刺すと同時に、凄まじい快感が脳天まで突き抜けた。ザーメンが高速で尿道を通過して、先端から次々と飛び出していく。歩実の快楽に歪んだ顔を見おろしながら、ペニスが蕩けそうな愉悦に酔いしれた。

歩実は経験が浅いせいか、膣のなかが狭くて締まりも強い。射精中もペニスが絞りあげられて、思わず快楽の呻き声が漏れるほど気持ちよかった。

長い射精が終わると、ようやくペニスを引き抜いて、歩実のとなりに横たわる。ふたりとも言葉を発する余裕はなく、胸を激しく喘がせていた。

時間が経つにつれて、絶頂の余韻が醒めていく。呼吸が整ってきたときには、頭のなかが冷静になっていた。

「先輩……ありがとうございました」

先に口を開いたのは歩実だった。感情を抑えたような声でつぶやくと、毛布を頭からかぶってまるまった。

(おい……)

話しかけようとして、言葉を呑みこんだ。

ふだんどおり「原口」と呼ぶのか、それとも「歩実」のほうがいいのか、とっさに判断がつかなかった。

「わたし、眠くなっちゃいました」

毛布をかぶったまま歩実がつぶやいた。

「すみませんけど、わたしが寝ている間に帰ってください……」

鼻にかかった声だ。

顔は見えなくても、泣いているとすぐにわかった。

歩実は終わりを確信している。最初から一回だけという約束で抱いたのだ。ここでやさしい言葉をかけるのは、かえって残酷な気がした。

俊也は黙って服を身につけると、さよならも言わずに部屋を出る。ドアを閉める直前、背後で歩実の号泣が響きわたった。

第五章　わたしとしたい？

1

俊也は改札口を抜けると、マンションへの道のりを急いだ。

いつもよりも帰りが遅くなったため、すでに日は完全に落ちている。それでも心は浮かれており、足取りは弾むように軽かった。

じつは先月の営業成績でトップを取ったのだ。その表彰があったため、いつもよりも会社を出るのが遅くなってしまった。

（ついにやったぞ！）

できることなら大声で叫びたい気分だ。

大きな契約をふたつ結んだことで、奇跡的に逆転できた。最後まであきらめずにがんばってよかったと思う。入社以来、これほど必死になって仕事をしたのは今回がはじめてだ。賞状と商品券を授与されたが、それよりも自分で立てた目標を達成できたのがうれしかった。

営業成績でトップを取ったら、友理奈に告白すると決めていた。

もちろん、それでうまくいくとは限らない。友理奈は今でも亡くなった夫のことを想いつづけている。しかし、俊也はフェラチオとパイズリをしてもらった。多少なりとも脈があると考えてもいいのではないか。

とにかく、目標を達成したので、思いきってアタックするつもりだ。

マンションのエントランスを通り抜けて、エレベーターであがっていく。緊張が高まるが、自分なりにがんばったことで自信がついている。とにかく、この熱い気持ちを伝えたかった。

エレベーターを降りると、廊下を進んで自宅の前で立ちどまる。まずは大きく深呼吸をして、気持ちを落ち着かせた。

――友理奈さん、好きです。おつき合いしてください。

心のなかで何度もくり返す。

最初に想いをまっすぐ伝えるつもりだ。あとは友理奈の反応を見ながら、会話を進めることができればと考えていた。

解錠して玄関のドアを開ける。

味噌汁の香りがした。友理奈が晩ご飯を作ってくれているとわかり、心がほっこりする。

友理奈とつき合うことができたら、そして結婚することができたら、毎日、手料理を味わうことができるのだ。

最初に予定していた一か月の滞在予定はあと四日しか残っていない。

千佳と友人がはじめるレストランは、すでに物件が決まって順調に準備が進んでいるという。友理奈の住居もいくつかの候補に絞られたという話だ。友理奈は予定どおり、四日後には出ていってしまうだろう。

ギリギリになったが、告白する決意を固めた。

熱い気持ちを胸に、廊下をゆっくり歩いていく。リビングのドアを開けて、キッチンに視線を向ける。すると、いつもの赤いエプロンをつけた友理奈が、菜箸を手にして立っていた。

「お帰りなさい」

柔らかい声音が、鼓膜をやさしく振動させる。

俊也は彼女の声をうっとり聞いて、心にしっかり刻みこむ。そして、意を決してキッチンに歩み寄った。

「ただいま」

自分の声が固く感じた。

「話があるんです。少し時間をもらえませんか」

なんとか、最初の難関を乗りきった。

極度の緊張で、このひと言さえ切り出せなくなることを懸念していた。右手に持っているA4サイズの茶封筒には、営業成績トップの賞状が入っている。告白するために努力した証《あかし》だ。

友理奈がエプロンをはずして、対面キッチンから出てくる。それを見て、とりあえず告白できると気合が入った。

「わたしもトシくんに話があるの」

「はい？」

話とはいったいなんだろうか。

友理奈は俊也の横を通りすぎて、リビングのソファに歩み寄る。そして、こちらを振り返った。

「こっちで座って、お話ししましょう」

そう言われて、俊也も慌ててソファに向かう。そして、友理奈と並んで腰をおろした。

「じつはね、千佳ちゃんたちのレストランでシェフをやらせてもらう話、なくなったの」

「えっ！」

思わず大きな声を漏らしてしまう。

まったく予想外の展開だ。レストランはすでに内装工事をはじめていると聞いていた。急なことで、状況がまったくわからなかった。

「レストランの計画、なくなってしまったんですか？」

「そうではないの。お店は千佳ちゃんたちが、予定どおりちゃんとやるわ。わたしのわがままで、お断りすることにしたの」

友理奈は申しわけなさそうにつぶやいた。

「ちょっと待ってくださいよ。友理奈さんの住むところも、もうすぐ決まりそうだって言ってたじゃないですか」

「そっちも今日、不動産屋さんに行ってお断りしてきたわ」

「どうして……なにがあったんですか？」

あまりにも急な話で頭がついていかない。とてもではないが、告白する雰囲気ではなくなっていた。

「東京でやり直すつもりだったけど、外房を離れてわかったの。やっぱり、夫とやっていたお店がいちばん大切だって」

友理奈の声は穏やかだ。

今は休業状態になっている千葉の外房にある店を再開するという。これまでは、夫の死と向き合う勇気がなくて、店にはほとんど近づかなかったようだ。

「でもね、夫が大切にしていたお店を、こんな形で終わらせたくないと思うようになったの。千佳たちには気持ちを正直に話して、納得してもらったわ。新しいシェフを探すから気にしないでって言ってくれて――」

こみあげるものがあったのか、友理奈はそこで言葉を切って黙りこんだ。

(どうなってるんだよ……)

まだ頭が混乱している。

まったく予兆がなかったので、驚くばかりで言葉が出ない。どう反応すればいいのかわからなかった。

「そういうことで、短い間ですけどお世話になりました」

友理奈があらたまった様子で挨拶する。フレアスカートに包まれた膝をそろえて、頭を深々とさげた。

「明日、千葉に帰るわね」

「えっ……ちょ、ちょっと、聞いてませんよ」

俊也は慌てて口を開いた。

当初の予定では、あと四日残っていたのに明日帰ってしまうという。あまりにも急な話だ。

「そんなに急いで帰らなくてもいいじゃないですか」

「東京にいる意味がなくなってしまったもの」

「今まで忙しかったんだから、たまにはのんびりしたっていいと思いますよ」

俊也はなんとか引き留めようと必死になる。ところが、友理奈は微笑を浮かべて首をゆっくり左右に振った。

「向こうのレストランでやることがたくさんあるの。長いこと放置していたから、営業を再開できるまで大忙しだわ」

すでに友理奈の心は外房に向いている。

東京に未練はまったくないらしい。それどころか、一刻も早く帰りたいという気持ちが伝わってきた。

「そ、そんな……俺、本気で友理奈さんのこと……」

告白する前に断られてしまった気分だ。

ほとんど可能性がないのはわかっている。それでも、どうしてもあきらめきれずに未練がましくつぶやいた。

「トシくん？」

「今は頼りないかもしれないけど……俺、仕事がんばるから」

「もしかして、わたしのこと……」

友理奈の困惑した声が聞こえる。だが、俊也はうつむいたまま顔をあげることができなかった。

「好きです……おつき合いしてください」

最初に言おうと決めていた台詞を、口のなかでぼそぼそとつぶやいた。

「年下だけど、がんばるから……」

「気持ちはうれしいけど――」

「俺が支えますから」

友理奈の言葉を遮るが、今の自分では説得力がないのもわかっていた。

「トシくん、ごめんね」

「なんとか……考え直してもらえませんか」

友理奈はなにも答えてくれない。きっと困っているのだろう。それでも、黙ることはできなかった。

「そもそも、こっちでシェフをやるのは、過去を忘れるためって言ってたじゃないですか」

つい責めるような口調になっていた。

こんな言いかたをしたら嫌われてしまうかもしれない。しかし、今は無理やりにでも引き留めることしか考えられなかった。

「外房に帰るってことは、過去に囚《とら》われてるんじゃないですか」

「過去に囚われているわけではないわ。未来を見ているから帰るの」

友理奈が静かに口を開いた。

それは俊也の胸をえぐる決定的な言葉だった。

夫を失った悲しみを乗りこえた結果、かつて夫と経営していたレストランを再開することにしたのだ。友理奈の決意は固い。それがわかるから、俊也の心は打ちのめされていた。

(もう、ダメなんだ……)

なにを言っても引き留められないとわかり、目の前がまっ暗になる。

告白するためにがんばって仕事をしたのに、すべてが無駄になってしまった。告白する機会すら与えられず、俊也の恋は終わりを遂げた。うなだれたまま、手に持っていた茶封筒をグシャッと強くつかんだ。

「そんなに強く握ったら、破れてしまうわよ」

友理奈がやさしく声をかけてくれる。そして、俊也の右手から茶封筒をそっと引き抜いた。

「ほら、皺になってしまったわ。大切な書類なの？」

「もういらないです……捨ててください」

うつむいたまま、ぼそぼそとつぶやく。もはや捨て鉢な気持ちになっていた。

「本当にいらないの？　見てもいい？」

友理奈の確認する声が聞こえたが、もう頷く気力すらなかった。

明日からなにを支えに生きていけばいいのだろうか。そんなことを本気で考えるほど落ちこんでいた。

「営業成績一位……トシくん、すごいじゃない」

友理奈が驚きの声をあげる。

どうやら、茶封筒のなかに入っていた賞状を見たらしい。だが、今の俊也にとっては、なんの意味もなかった。

「取っておいたほうがいいわよ」

「もういらなくなったんです」

「どうして？　がんばった記念でしょう」

友理奈はなにも知らないのだから仕方がない。しかし、悪意のない言葉が俊也の神経を逆撫でした。

「いらないったら、いらないんです！」

つい声が大きくなってしまう。友理奈の手から賞状を奪い取ると、まっぷたつに引き裂いた。

「ト、トシくん……」

友理奈が目をまるくする。俊也は破いた賞状をグシャグシャにまるめて、部屋の隅に投げ捨てた。

「こんな物を取っておいたら、見るたびに友理奈さんにフラれたことを思い出すじゃないか。告白するために仕事をがんばったのに、全部無駄だったんだ！」

熱いものがこみあげて、気づくと涙が溢れていた。

友理奈はなにも悪くない。わかっているが、気持ちを抑えられなかった。

結局のところ、自分が友理奈に見合う男になれなかっただけの話だ。そんな自分が情けなくて、悔しくて、腹立たしかった。

（クソッ……クソッ……）

心のなかで自分自身を罵りつづける。

スラックスの上から自分の膝を強く握りしめた。やり場のない怒りが胸のうちで渦巻いていた。

「トシくん……」

友理奈の声が近くなっている。

いつの間にか、すぐ隣に移動していた。膝を握っている手に、友理奈の柔らかい手のひらがそっと重なった。たったそれだけで、荒《すさ》んでいた俊也の心は少し落ち着きを取り戻した。

「ごめんなさい。そこまで想ってくれていたとは知らなくて」

友理奈のささやく声が胸にすっと入りこむ。まるで特効薬のように俊也の傷ついた心に作用した。

しかし、なにかが変わるわけではない。

明日になれば、友理奈は俊也の前から消えてしまう。そして、レストランを再開する忙しさのなかで、俊也の存在すら忘れていくのだろう。

「仕方ないです……友理奈さんは悪くないのに、大きな声を出したりして、すみませんでした」

目を見ることができず、下を向いたまま謝罪する。

「ううん。悪いのはわたしのほうよ。トシくんを傷つけてしまったのね。本当にごめんなさい」

友理奈が手の甲をやさしく撫でてくれる。

だが、そのやさしさがつらくて、よけいに涙が溢れてしまう。口を開くとしゃくりあげそうで、なにも言うことができなかった。

「トシくん……」

友理奈が両手で俊也の頬を挟みこむ。そして、顔をあげさせたかと思うと、いきなり唇を重ねた。

「んんっ」

突然のキスに困惑する。なにが起こったのかわからず、俊也は目を見開いたまま固まった。

「キス、しちゃったね」

唇を離すと、友理奈がはにかんだ笑みを浮かべた。

「ど、どうして……」

「だって、トシくんがそんなにわたしのことを想ってくれていたなんて、やっぱりうれしいもの」

友理奈は俊也の目を見つめてささやいた。

しかし、本心はどうなのかわからない。ただの同情かもしれないと思うが、あえて追及はしなかった。

「トシくんのお部屋、見てみたいな」

脈絡もなく友理奈がつぶやいた。

同居生活がはじまってから、友理奈は俊也の部屋に一度も入っていない。プライベートな空間に立ち入ってはいけないと気を使っていたのだろう。

「最後に見てみたいの。いいでしょう？」

友理奈はそう言うと、俊也の手を取って立ちあがった。

2

俊也の部屋に入ると、ふたりは並んでベッドに腰かけた。

友理奈は俊也の手を握ったままだ。身体をぴったり寄せており、さらに顔も近づけていた。

「一回だけなら……いいよ」

耳もとでささやく声が聞こえた。

はっとして見やると、友理奈は頬を赤く染めあげている。それでも、目をそらそうとはしなかった。

(それって、まさか……)

喉もとまで出掛かった言葉を呑みこんだ。

確かめるまでもない。それはセックスのお誘いにほかならない。まさか、友理奈がそんなことを言うとは夢にも思わなかった。

「トシくんは、わたしとしたくないの？」

そう言われても即答できない。俊也がとまどっていると、友理奈は今にも泣き出しそうな顔になった。

「わたしはしたいな……」

女性にここまで言わせて、黙っているわけにはいかない。俊也は勇気を出して口を開いた。

「お、俺も……俺もしたいです」

同情でもなんでも構わない。友理奈とセックスできる最後の機会だ。大好きな人とひとつになりたかった。

「うれしい……」

友理奈が泣き笑いのような表情を浮かべる。

「わたしが脱がしてあげるね」

そう言うと、俊也の着ているスーツを脱がしはじめた。

すべてハンガーにかけて、丁寧に扱ってくれる。最後の一枚、ボクサーブリーフをおろされるときは期待が高まり、すでにペニスがそそり勃《た》っていた。

「もう、こんなに……」

友理奈のつぶやきには、うれしそうな響きがまざっている。そして、すぐさま太幹にほっそりした指を巻きつけた。

「うっ……」

思わず呻き声が漏れてしまう。軽く握られただけでも、先端から我慢汁が溢れ出していた。

「友理奈さんも……」

俊也が声をかけると、友理奈は小さくうなずいて服を脱ぎはじめる。

白いブラジャーとパンティだけになると、羞恥で顔がまっ赤になってしまう。それでも、すべてを取り去り、熟れた女体を露にした。

「見て……わたしのこと覚えておいて」

恥じらいながらも、その場でゆっくりまわってみせる。俊也はベッドに腰かけた状態で、友理奈の美しい裸体を凝視した。

たっぷりした乳房も桜色の乳首も、自然な感じでそよいでいる陰毛も、すべてを瞼に焼きつける。胸がせつなくなると同時に、激しい興奮が湧きあがり、ペニスが本格的に反り返った。

「すごいことになってるわ」

友理奈が気づいて驚きの声をあげる。そして、俊也の隣に腰かけて、ペニスをそっと握りしめた。

「トシくんのやりたいこと、なんでも叶えてあげる」

「なんでも？」

「そうよ、なんでも……」

なんて魅力的な言葉なのだろうか。

淫らな行為が次から次へと脳裏に浮かぶ。しかし、いざとなると簡単には口にできない。そんなことを要求するのかと冷たい目を向けられるのが怖かった。

「いいのよ。どんなことでも」

やさしげな声を耳にすると、本当になんでも叶えてくれそうな気がした。

すでに友理奈とはフェラチオとパイズリを経験している。ちょっとくらい過激なことでも許される気がした。

「じゃ、じゃあ……俺の上に逆向きになって乗ってくれませんか」

遠慮がちに希望を口にする。

そして、俊也はベッドの上で仰向けになると、友理奈が自分の上に逆向きで覆いかぶさるのを待った。つまりシックスナインの体勢なのだが、友理奈はわからないらしい。首をかしげて考えこんでしまう。

「逆向きで？」

「えっと、まずはうしろ向きになって、俺の顔をまたいでください」

こうなったら、一から説明するしかない。俊也が指示すると、友理奈はこっくり頷いた。

「こ、こうかしら？」

羞恥で声を震わせながらも従ってくれる。ベッドにあがり、うしろ向きで膝立ちになって俊也の顔をまたいだ。

「そ、そうです……」

答える俊也の声もうわずっていた。

なにしろ、友理奈のサーモンピンクの陰唇が目の前に迫っているのだ。恥裂がしっとり濡れているように見えるのは気のせいだろうか。

「ああっ、恥ずかしいわ」

「そのまま前に倒れて、俺の上に重なってください。それで友理奈さんの顔は、チ×ポのほうに……」

「こういうこと？」

友理奈は指示どおり、裸体を密着させてくれる。そして、ペニスの根もとに両手を添えて顔を近づけた。

「は、はい、そうです」

乳房が俊也の腹に押し当てられて、プニュッと柔らかくひしゃげる感触が気持ちいい。女体全体から体温が伝わり、気持ちがどんどん昂《たかぶ》っていく。しかも、太幹に彼女の指が巻きつき、亀頭には吐息が吹きかかっていた。

「こんな格好、はじめて……ああっ」

未亡人のつぶやきは途中から色っぽい吐息に変わる。

自分がどれほど恥ずかしい体勢になっているのか、想像したのかもしれない。剝き出しの女性器を俊也の鼻先に突きつけて、自分はペニスに顔を寄せている。シックスナインを知らなくても、これからなにをするのか悟ったに違いない。

(友理奈さんの……オ、オマ×コが……)

心のなかでつぶやくだけでも高揚する。

俊也は両手をまわしこんで、友理奈の尻たぶをしっかりつかんだ。そして、首を持ちあげると、至近距離から陰唇をまじまじと見つめる。やはり割れ目から透明な汁が湧き出していた。

(友理奈さんも期待してるんだ……)

そう思うと遠慮がなくなっていく。

さらに首を持ちあげて女陰に口を押し当てる。柔らかい感触とともに甘酸っぱい香りが鼻に抜けた。

「あンっ……」

友理奈が小さな声を漏らす。

唇が軽く触れただけでも感じている。それがわかるから、俊也は舌を伸ばして女陰をねっとり舐めあげた。

「ああっ、ま、待って……こんなの恥ずかしいわ」

友理奈はとまどいの声を漏らすが、この体勢では股間を隠すことができない。俊也は両手で尻たぶをがっしりつかんでおり、逃げることは不可能だ。

「なんでもしてくれるって、言ってましたよね？」

俊也は念を押すと、再び女陰に舌を這わせる。陰唇の合わせ目をくすぐるように舐めあげては、溢れる華蜜をすくって飲みくだした。

「ああンっ……わ、わかったわ」

甘い声を漏らしながら、友理奈も舌を伸ばして亀頭に触れる。

「ううッ……」

とたんに快感がひろがり、腰に震えが走った。

熱い舌とヌルリッと滑る感触が心地いい。思わず女陰への愛撫を中断して、ペニスに受ける快楽に集中していた。

「トシくんの、すごく硬いわ……ンンっ」

まるで愛《いと》おしいものに触れているように、友理奈が丁寧に舐めてくれる。柔らかい舌を這いまわらせて、亀頭全体に唾液を塗りつけていた。

「そ、それ、ヌルヌルして……」

「気持ちいいのね。もっとしてあげる」

友理奈のささやく声が俊也をより奮い立たせる。

ますます硬くなったペニスの先端に、柔らかい唇が覆いかぶさるのがわかった。亀頭をぱっくり咥えこみ、太幹にやさしく密着する。さらにはヌルヌルと動きはじめて、蕩けるような愉悦が湧き起こった。

「くううッ、お、俺も……」

気づくとすっかり受けにまわっていた。

俊也も反撃とばかりに女陰への愛撫を再開する。舌を伸ばして二枚の陰唇の狭間に忍ばせると、膣口を探り当てた。すかさず舌先をとがらせて、じわじわと沈みこませていく。

「あンンッ」

友理奈がペニスを口に含んだまま、くぐもった喘ぎ声を漏らす。

舌先を膣に挿《い》れると、内側の襞を舐めあげる。華蜜がジュブジュブ溢れてくるので、俊也は必死になって飲みくだした。

(す、すごい、どんどん溢れてくる……)

それは感じている証拠にほかならない。

友理奈が自分の愛撫で感じていると思うと、ますますテンションがあがる。自然と愛撫に熱が入り、舌をズブズブと出し入れした。

「あンッ、そ、そんな……ああンッ」

友理奈も首をリズミカルに振りはじめる。

自分が受けた快楽を、愛撫で返そうとしているのかもしれない。唇で太幹をしごきあげて、強い刺激を送りこんできた。

（くううッ、そ、そんなにされたら……）

我慢汁がどんどん溢れてしまう。

友理奈は口を離さずに、迷うことなく喉を鳴らして我慢汁を嚥下《えんげ》する。そして、首振りの速度をあげて、ペニスをねちっこく舐めまわす。甘く鼻を鳴らしながら、唇で太幹を熱心にしごきつづける。

シックスナインで愛撫し合うことで、ふたりの興奮と欲望はどこまでも高まっていく。俊也のペニスは凄まじい勢いで勃起して、友理奈の陰唇は湯気が出そうなほど華蜜にまみれて火照《ほて》っている。

（い、挿れたい……）

もう、これ以上は我慢できない。早くひとつになりたくてたまらなかった。

俊也が愛撫を中断すると、友理奈もペニスから唇を離す。どうやら、彼女も同じ気持ちらしい。呼吸をハアハアと乱しながら、焦れたように腰をくねらせている。割れ目からは新たな華蜜が大量に溢れていた。

3

「トシくん……もう、ほしいの」

友理奈は向きを変えて、俊也の股間にまたがった。

両膝をシーツにつけた騎乗位の体勢だ。右手を股間に伸ばしてペニスをつかみ、亀頭を自分の割れ目に押し当てる。腰を軽く前後に動かしてなじませると、腰をゆっくり落としはじめた。

「あああッ、ト、トシくんっ」

「ううッ……ゆ、友理奈さんっ」

ついにつながり、ふたりの声が重なった。

(俺、友理奈さんとセックスしてるんだ……)

感動が胸にこみあげる。

これが最初で最後の交わりだと思うと、なおさら感慨深いものがある。熱い媚肉の感触に感激して、こらえきれずに涙ぐんだ。

「ああンっ、すごく大きいわ……」

友理奈は腰を完全に落として、ペニスを根もとまで受け入れた。

顎を少し持ちあげると、うっとりした表情を浮かべる。ふたりの陰毛が擦れ合っており、無数の膣襞が太幹にからみついていた。

「ゆ、友理奈さんのなか……す、すごく熱いです」

俊也の声は震えていた。

まだ挿入しただけで、まったく動いていない。それでも、我慢汁が次から次へと溢れていた。熱い媚肉の感触だけでも、興奮がどんどん高まっている。こうしているだけでも、快感のさざ波が絶えることなく押し寄せていた。

「トシくんのも、すごく熱いわ……はンンっ」

友理奈がささやき、腰をモジモジとよじらせる。

とたんに結合部分から湿った音が響いて、太幹と膣口の隙間から大量に華蜜が染み出した。

「ご、ごめんなさい……シーツが濡れちゃうわ」

こんなときだというのに、シーツのことを心配してくれる。常に気を使う友理奈の性格が好ましかった。

「大丈夫です。気にしないで、もっと濡らしてください」

俊也は声をかけると、両手を伸ばして彼女の尻たぶにまわしこむ。そして、前後にゆっくり揺らしはじめた。

「あンっ、ダ、ダメよ、動かさないで」

友理奈が慌てた声をあげるが、俊也は構うことなく尻を前後に揺らしつづける。すると、クチュッ、ニチュッという卑猥な音が股間から響きわたった。

「もっと濡らしてほしいんです。友理奈さんがここにいた証を残してください」

「ああンっ、溢れちゃう」

甘ったるい声を振りまき、友理奈の身体が小刻みに震え出す。それと同時に愛蜜の分泌量がどっと増えた。

「もっと……もっと感じてくださいっ」

両手に力をこめて、さらに女体を大きく前後に揺らす。すると、張り出したカリが膣壁にめりこむのがわかった。

「ま、待って、久しぶりだから――はあああッ」

友理奈の喘ぎ声が大きくなる。

「お、お願い……あの人以外とするの、はじめてなの……」

その言葉が俊也の心に火をつけた。

久しぶりなだけではなく、夫以外の男とセックスするのは、これがはじめてだという。そんな言葉を聞かされて、燃えないはずがなかった。

「好きですっ、大好きなんですっ」

女体を前後に揺するだけではなく、股間を突きあげてペニスを出し入れする。溢れる想いを抑えきれない。とにかく、友理奈を自分の手で感じさせたい。ペニスで喘がせたい。なんとかして、自分だけのものにしたい。さまざまな感情が入りまじり、めちゃくちゃに股間を突きあげた。

「あああッ、は、激しいわっ」

「俺のチ×ポでもっと感じてくださいっ」

「ああッ……ああッ……」

友理奈は両手で俊也の手首をつかみ、大声で喘ぐだけになっている。快楽に翻弄されているのは間違いない。このまま絶頂に追いあげようと、より深い場所までペニスをたたきこんだ。

「友理奈さんっ、ふんんッ！」

「はあああッ、い、いいいっ！」

急に女体が大きく仰け反り、膣が猛烈に収縮する。ペニスをがっちり咥えこんだと思ったら、股間から透明な汁がプシャアアアッと勢いよく飛び散った。

「い、いやああっ、なんか出ちゃうっ」

「おおおおッ！」

俊也は雄叫《おたけ》びをあげながら股間をより突きあげて、亀頭で膣道の行きどまりを圧迫した。

「あああッ、あああああああああッ！」

友理奈が半泣きの顔になり、全身をガクガクと震わせる。

ついに絶頂へと昇りつめたのだ。しかも、ペニスを挿入したまま潮を吹く、ハメ潮まで披露するとは驚きだ。友理奈の潮はシーツにしっかり染みこんで、確かにふたりがここで熱く交わった証が刻まれた。

（すごい……友理奈さんが潮まで吹くなんて……）

俊也は射精欲の波をなんとか耐え抜き、乱れた友理奈の姿を見つめていた。

好きで好きでたまらない女性を、己のペニスで絶頂に追いあげたのだ。これまで経験したセックスでは味わえなかった感動が全身にひろがっていた。

友理奈は騎乗位でつながったまま、呼吸を激しく乱している。絶頂の余韻に浸っているのか、うつむいたまま黙りこんでいた。

（俺も、出したい……）

こうしている間も欲情はつづいている。

膣に埋まったペニスは、ガチガチに勃起したままだ。昇りつめたことで女体から力が抜けているが、媚肉はしっかり密着している。愛蜜のヌメリと体温を常に感じていることで、興奮がまったく治まらなかった。

4

「いっぱい濡らして、ごめんなさい」

しばらくすると、友理奈が顔をあげてつぶやいた。

瞳はトロンと潤んでおり、唇は半開きになっている。まだ絶頂の余韻がつづいているのかもしれない。

「大丈夫です。このシーツは俺の宝物にします」

「ダメ……ちゃんと洗ってね」

友理奈は恥ずかしげにつぶやくと、両膝をゆっくり立てる。

ペニスを深く呑みこんだままでM字開脚になり、両手を俊也の腹に置く。両足の裏をシーツにつけた形の騎乗位に移行した。

「今度はわたしがトシくんを気持ちよくしてあげる」

友理奈はそう言うと、尻を上下に振りはじめる。膝の屈伸を利用して、屹立《きつりつ》したペニスをヌプヌプと出し入れした。

「ううッ、ゆ、友理奈さん……」

思わず快感の呻き声が漏れてしまう。

攻守が逆転して、俊也は受けにまわっていた。友理奈は膝を立てたことで自由に動けるようになり、尻をゆったり弾ませる。それに合わせて双つの乳房が大きく揺れるのも、視覚的に興奮を煽り立てた。

「こ、こんなこと、してもらえるなんて……」

一糸まとわぬ姿の友理奈が、己の股間にまたがって腰を振っている。

夢のような状況だ。信じられないことが現実になり、この時間が永遠に終わらないでほしいと心から願う。しかし、必ず終わりが来ることもわかっていた。せめて少しでも長引かせたくて、射精欲を懸命に抑えこんだ。

「いっぱい気持ちよくなってね」

友理奈の口もとには微笑が浮かんでいる。

先に達したことで余裕があるらしい。俊也の顔を見おろしながら、尻をゆったり振りつづける。媚肉で太幹を擦られて、快感が際限なくふくらんでいく。

「くううッ……」

こらえきれない呻き声が漏れてしまう。

先ほどは激情にまかせてペニスを突き立てたが、今は懸命に快感を耐えようとしている。責めているときは耐えられるが、受けにまわると弱かった。我慢汁が大量に溢れて、腰が小刻みに震えるのをとめられない。

「ま、まだ……ううぅッ」

「我慢しなくていいのよ」

友理奈は一定のペースで腰をゆったり振っている。

これでペースがあがったら、どうなってしまうのだろうか。快感が爆発して、あっという間に限界が来てしまうに違いない。そのときに備えて気持ちを整える。簡単には終わらせたくなかった。

「くううッ」

ところが、予想外の刺激がひろがり、情けない呻き声が漏れてしまう。

友理奈が腰を振りながら、俊也の乳首を摘まみあげたのだ。痺れるような快感が突き抜けて、両脚がつま先までピーンッと伸びきった。

「ここも気持ちいいのね。硬くなってるわよ」

楽しげに目を細めて、友理奈がささやいた。

いつの間にか、俊也の腹に置いていた両手を胸板に滑らせて、双つの乳首を指先でやさしく摘まんでいる。クニクニと転がしながら、腰も休まずに振っているのだ。ペニスと乳首を同時に刺激されて、快感が加速している。予想外の愛撫で、いとも簡単にガードを突き崩されてしまった。

「そ、そこは……ううッ」

まともにしゃべることもできないほど感じている。男でも乳首がこれほど感じるとは知らなかった。

「ここを摘まむと、アソコがピクピクするのね」

友理奈は執拗に乳首を刺激して、同時に尻を上下に動かしている。

腰を振るペースは変わらないのに、乳首を愛撫されたことで快感が爆発的に大きくなっていた。

「ちょ、ちょっと待って……うううッ」

「ああンっ、わたしまで気持ちよくなってきたわ」

その言葉どおり、再び愛蜜の量が増えている。友理奈が腰を振るたび、結合部分から湿った音が響きわたった。

(や、やばい、このままだと……)

すぐに追いこまれてしまう。

自分だけ達してしまうのは恥ずかしい。尻に筋肉に力をこめて懸命に耐えるが、乳首をキュッと摘ままれるたびに快感が増していく。なんとかしないと、我慢できなくなるのは時間の問題だ。

受け身にまわったままだと快楽に流されてしまう。反撃を試みようと、震える両手を伸ばして乳房を揉みあげる。指先で双つの乳首を摘まんで、こよりを作るようにやさしく転がした。

「あンっ、トシくん、いたずらしちゃダメよ」

まるで幼子を叱るような口調になっている。

そうやって友理奈にやさしく叱られるのも悪くない。俊也はさらに乳首をクリクリと刺激した。

「はンっ、ダメだって言ってるのに……」

「でも、硬くなってますよ」

「そんなにされたら……はあンっ」

友理奈が甘い声を漏らして、腰の動きを速くする。尻を上下に弾ませることで、ペニスを高速で出し入れした。

「くううッ、き、気持ちいいっ」

「ああッ、わ、わたしも……あああッ」

ふたりの声が交錯して、快感がどんどん高まっていく。

たっぷりした乳房を揉んで、乳首を摘まみあげる。柔肉の溶けそうな手触りと、乳首のコリッとした感触が興奮を呼ぶ。射精欲がどんどんふくれあがり、ペニスが破裂寸前まで膨張した。

「あああぁッ、トシくんっ、も、もうっ」

「俺も出そうですっ、うううぅッ」

これ以上は耐えられない。そう思った直後、騎乗位で腰を振っていた友理奈が、思いきり尻を振りおろした。

「はあああッ、い、いいっ、イクッ、イックうううぅッ！」

絶叫にも似た喘ぎ声を振りまき、女体が激しく痙攣する。ペニスを膣の奥深くに呑みこんだ状態で、友理奈がアクメに昇りつめた。

「お、俺もっ、おおおおッ、ぬおおおおおおッ！」

俊也もついに精液を噴きあげる。熱い媚肉にペニスを包まれて、凄まじい快感が全身を貫いた。

蠢く膣襞が太幹を締めつける。射精に合わせて膣道がうねることで、ザーメンがどんどん吸いあげられて、快感がさらに大きくなっていく。膣の奥にたっぷり放出すると、頭のなかがまっ白になった。

「あああッ……」

二度目のアクメに達した友理奈が、脱力した俊也の胸に倒れこんだ。

反射的に抱きしめるが、声をかける余裕はない。絶頂の快感で脳細胞まで痺れており、なにも考えられなくなっていた。

それでも、頭の片隅ではわかっている。

これが最初で最後の交わりだ。明日になれば、友理奈はこの家を出て、千葉の外房に帰ってしまう。

最初から一回だけの約束だが、あまりにも淋しすぎる。友理奈の汗ばんだ背中を擦りながら、溢れそうになる涙を懸命にこらえた。

5

どれくらい時間が経ったのだろうか。

友理奈の火照っていた身体も、今はひんやりしていた。

まだ折り重なったままだが、結合はとっくに解けている。ペニスは力を失い、淋しげに頭《こうべ》を垂れていた。

ずっと抱きしめていたい。

だが、未練がましいやつだと思われたくない。最後の最後に格好悪い姿を見せたくなかった。

胸板に寄りかかっている友理奈を、隣にそっと横たえる。

友理奈は睫毛を静かに伏せたまま反応しない。たぶん起きている。だが、言葉を交わす気はないのだろう。

なにしろ、はじめて夫以外の男とセックスをしたのだ。きっと複雑な思いを胸に抱えているに違いない。だから、友理奈が口をきいてくれなくても、気を悪くすることはなかった。

裸体に毛布をかけると、俊也はベッドに腰かけた。

「ありがとうございました。友理奈さんは、そのまま寝てください。俺はソファで寝ますから」

振り返らずに穏やかな声で告げる。

返事は期待していない。最後に思いを遂げることができて満足している。明日の朝には、互いになにごともなかったように接するのだろう。

(さようなら……)

心のなかで別れを告げて立ちあがろうとする。そのとき、ふいに背後から抱きつかれた。

「行かないで……」

耳もとでささやかれてドキッとする。

すぐに言葉を返すことができない。友理奈は両腕をしっかりまわして抱きついている。背中に乳房が密着しているのがわかった。

「まだ、行かないで」

友理奈はもう一度、耳もとでささやく。

切実な響きに、俊也の胸は締めつけられる。振り払うことも、抱きしめることもできずに固まっていた。

「トシくん……」

名前を呼ばれて、ようやく振り返る。

とたんに友理奈の唇が重なった。彼女の柔らかい舌がヌルリと入りこんで、口内をねっとりしゃぶられた。

（ああっ、友理奈さん……）

こんなことをされたら、未練を断ちきれなくなってしまう。

早く立ち去らなければと思うが、どうしても動けない。友理奈のディープキスに身をまかせていた。

「はンっ……ああンっ」

積極的に俊也の舌をからめとり、唾液をすすりあげては嚥下する。

いったい、どうしたというのだろうか。友理奈は欲望に火がついたように、俊也の口内をねぶりまわしている。彼女のほうから、これほど激しいキスをしかけてくるとは驚きだった。

しかし、驚きはそれだけではない。

友理奈はキスをしながら、両手を前にまわして乳首をいじりはじめた。やさしく転がしたかと思うと、指先でキュッと摘まみあげる。緩急をつけた刺激により、乳首は瞬く間に硬くなった。

(そんなにされたら、また……)

俊也は濃厚な愛撫を受けながら、心のなかでつぶやいた。

乳首への刺激は、ペニスにしっかり伝わっている。先ほどからムズムズして、今にも勃起しそうになっていた。

(一回だけの約束だ……これは、きっとお別れのキスだ……)

自分自身に何度も言い聞かせる。

懸命に勃起をこらえようとするが、少しずつふくらんでいく。乳首をやさしく転がされて、ついには雄々しく反り返ってしまった。

「もう一度だけ……」

友理奈は唇を離すと、潤んだ瞳でじっと見つめる。

(それって……)

期待がふくれあがる。しかし、心のなかで慌ててブレーキを踏んだ。

聞き間違いかもしれない。いや、聞き間違いに決まっている。友理奈がそんなことを言うはずがない。期待してあとでがっかりしたくなかった。

「トシくん……」

再び友理奈が耳もとでささやく。

そして、乳首をいじっていた右手を下へと滑らせて、ペニスの根もとにそっと巻きつけた。

「うっ……」

「約束したのはわたしだけど……もう一度だけ、ダメかな？」

聞き間違いではない。

友理奈は確かに、もう一度と言った。俊也のことを好きになったわけではないだろう。久しぶりにセックスしたことで、熟れた女体に火がついたのではないか。身体がさらなる快楽を欲しているのかもしれない。

（それでもいい……）

俊也は静かに頷いた。

もう一度、友理奈とひとつになれるのなら、どんな理由でも構わない。すでに射精しているので、今度はもう少し落ち着いてできるはずだ。

「うれしい……」

友理奈は微笑を浮かべると、ベッドの上で仰向けになった。

それを目にして、俊也はベッドにあがる。そして、友理奈の脚の間に入りこみ、勃起したペニスの先端を陰唇に押し当てた。

「あンっ、熱い……」

女体がブルッと震えて、顎か小さく跳ねあがる。

期待が高まっているのか、陰唇はぐっしょり濡れており、乳首はピンピンにとがり勃っていた。

(本当にこれが最後なんだ……)

心に誓うと腰をゆっくり押し出して、ペニスの先端を膣口に埋めこんだ。

「はンンンッ、お、大きいっ」

友理奈が艶《なま》めかしい声で喘ぎ、身体を大きく仰け反らせる。

亀頭がずっぷり埋まったことで、早くも女体が小刻みに震え出す。膣が待ちかねていたように締まり、カリ首にギリギリと食いこんだ。

「ううッ、友理奈さん……」

再びひとつになれた感動が胸にこみあげる。

愛蜜で蕩けた媚肉の感触を味わいながらペニスをさらに押し進めて、ついには根もとまでしっかり挿入した。

「あああッ、トシくん」

友理奈が両手を伸ばして俊也の首に巻きつける。そのまま引き寄せると、強く抱きしめた。

俊也は正常位で上半身を伏せた格好になる。胸板で乳房を圧迫することになり、柔肉がひしゃげるのがわかった。上半身を軽く揺すると、彼女の硬くなった乳首がコリコリと擦れた。

「ああンっ、こっちも動かして……」

友理奈がたまらなそうに股間を軽くしゃくりあげる。その瞬間、ペニスがズブッと入りこみ、膣にたまっていた華蜜が溢れ出した。

「じゃ、じゃあ、いきますよ」

女体を抱きしめると、まずはゆっくり腰を振りはじめる。スローペースのピストンで、蜜壺のなかをかきまわしにかかった。

「あッ……あッ……」

すぐに友理奈の唇から切れぎれの喘ぎ声が溢れ出す。

女壺はすっかり俊也の太幹に慣れているようだ。少しずつ抽送速度をあげても動きはスムーズで、カリが膣壁を擦るたびに女体が震えた。

「ああッ、すごいわ……」

友理奈が喘いでくれるから安心してピストンできる。

俊也の快感も大きくなり。自然と動きが大胆になっていく。力強くペニスを突きこめば、友理奈はそれに応えるように両手両脚でしがみついてきた。

「あああッ、も、もっと……もっとよ」

喘ぎ声がどんどん大きくなっていく。

正直、友理奈がこれほど乱れるとは予想外だ。喪に服している間に、欲求不満をためこんでいたのではないか。それが一度目のセックスで爆発して、これまで抑えてきた性欲に火がついたのかもしれない。

そういえば、和室でオナニーしているのを二度ものぞいた。俊也がきづかないときにもオナニーしていたのかもしれない。

(きっと、淋しかったんだな……)

夫を失った悲しみに打ちひしがれながらも、女の欲望が燃え盛っていた。その処理に苦しんで、夜な夜な自慰行為に没頭していたのではないか。

そういうことなら、今夜だけは本物のペニスで欲望を解消してあげたいと思う。千葉に帰ってからのことはわからないが、ここにいる間は自分のペニスで思いきり喘がせてあげたかった。

「本気でいきますよ」

「き、来て……お願い、本気で来て」

友理奈が期待に満ちた瞳でピストンをねだる。

俊也は上半身を起こすと、くびれた腰をつかんでググッと持ちあげた。これで友理奈の尻はシーツから少し浮いて、股間を突き出すような格好になる。その状態でピストンすると、ペニスの当たる角度が変化した。

「あンッ、こんな格好でするの？」

「さっきより全然、締まってますよ」

「ああッ、こ、これ、すごいっ」

友理奈の喘ぎ声が大きくなる。

どうやら、この体勢で突かれると、いいところに当たるらしい。女体に小刻みな震えが走り、膣口がキュウッと収縮した。

「くううッ、き、気持ちいいっ」

「わ、わたしも……ああッ、い、いいっ」

ここぞとばかりに突きまくる。友理奈の喘ぎ声はどんどん大きくなり、愛蜜の量も増していた。

当然ながら我慢汁の量も増えているので、ふたりの股間はドロドロの状態だ。滑る感触が心地よくて、もう昇りつめることしか考えられない。ラストスパートの抽送に突入して、とにかく勢いよく腰を振りまくる。

「ああッ、ああッ、トシくんっ」

「友理奈さんっ、おおおおッ」

名前を呼んで力強くペニスをたたきこむ。カリで膣壁をえぐり、亀頭で最深部を何度も何度もノックした。

「はあああッ、も、もうダメっ」

「お、俺もですっ、ううううッ」

友理奈が喘げば俊也も呻く。遠くに見えていた絶頂の大波が、轟音を響かせながら迫ってきた。

「い、いっしょに、あああッ、最後はいっしょに」

譫言《うわごと》のような友理奈の声に、俊也は腰を振りながら頷き返す。そして、再び正常位で女体をしっかり抱きしめると、友理奈も両手両脚を巻きつけた。

「おおおおッ、友理奈さんっ」

「あああッ、い、いいっ、いいっ」

友理奈が耳もとで喘ぐから、すぐに限界が来てしまう。ペニスがググッとふくれあがり、先端から濃厚な我慢汁が溢れ出すのがわかった。

「も、もうっ、おおおおッ」

限界だと思った瞬間、抱きしめている女体がガクガク震え出した。

「はあああッ、イクッ、イクイクッ、あぁあああああああッ！」

ついに友理奈がオルガスムスの絶叫を響かせる。俊也の腕のなかで仰け反り、ペニスを締めつけながら一気に昇りつめた。

「おおおおッ、で、出るっ、おおおおッ、ぬおおおおおおおおッ！」

俊也も雄叫びをあげてペニスをたたきこむと、大量のザーメンを放出する。先端から大量の精液がほとばしり、凄まじい勢いで膣のなかを満たしていく。

かつて経験したことのない愉悦がこみあげる。ペニスと膣が溶け合って、ひとつになったような感覚だ。友理奈と身も心もまざり合い、深い場所でつながったように錯覚する。

「き、気持ちいいっ、おおおおおおおおッ！」

射精は驚くほど長くつづき、意識が徐々に遠くなる。

大声で雄叫びをあげているつもりが、いつしか心のなかで唸っているだけになっていた。そのことに気づいて、友理奈の女体をしっかり抱きしめる。二度と離れたくなくてキスをくり返す。

気づくと涙が溢れていた。

これで終わりだとわかっている。本当の終わりが来たとわかっている。だが、それを認めたくなくて、懸命に奇跡が起きることを祈っていた。

「トシくん……ありがとう」

友理奈の穏やかな声が聞こえる。

すべてを悟ったように、どこまでも穏やかな声だった。やさしく頭を撫でて、キスをしてくれる。

急激な睡魔に襲われる。眠ってはいけないと思う。懸命に抗うが、意識を保っていることはできなかった。

エピローグ

俊也は会社の屋上にいた。

昼休みになり、コンビニ袋をぶらさげてやってきたところだ。ベンチに座るが、食欲はまったくなかった。

ベンチの背もたれに体重を預けて、見るともなしに空を見あげた。

（なんで、こんなに天気がいいんだ……）

俊也の昏《くら》く落ちこんだ心境とは裏腹に、雲ひとつなく晴れ渡っている。どこまでも青い空を見ていると、思わずため息が漏れた。

友理奈が出ていって一週間が経った。

しかし、いまだにあの朝のことが忘れられない。友理奈と最後の熱い夜を過ごした翌日、自分のベッドで目が覚めると友理奈の姿が消えていた。

慌ててリビングに向かうが友理奈はいなかった。和室にもバスルームにもトイレにもいない。それどころか家中がきれいに片づけられていた。友理奈はさよならも言わずに出ていってしまったのだ。

俊也は愕然としながらリビングに戻った。すると、味噌汁の香りが漂っていることに気がついた。

まさかと思ってキッチンに向かうと、鍋に味噌汁が作ってあった。ほかにも鮭の塩焼きや卵焼き、ほうれん草のごま和えもある。もちろん、ご飯も炊いてあった。友理奈が俊也のために作ってくれたのは間違いない。

どこかに手紙があるかもしれないと思って探したが、どこにもなかった。

（代わりに置いてあったのが……）

俊也はジャケットの内ポケットから、折りたたんだ一枚の紙を取り出した。

自分に自信をつけるために努力した証だが、今は必要のないただの紙切れになってしまった。それなのに、どうして持っているのかわからない。ただなんとなく、肌身離さず持っていた。

（未練ってやつか……）

そのことに気づいて、自嘲的な笑みが漏れる。

自分でも情けないと思うが、まだ友理奈のことを吹っきれていなかった。こうして会社にいる間はいいが、マンションに帰ると淋しくなってしまう。

（こんなもんを持ってるからいけないんだ）

そう思って、手にした紙切れを破ろうとする。

「あっ、先輩！」

そのとき、背後から大きな声が聞こえた。

パタパタと走ってくる足音がして、ベンチをまわりこんでくる。顔を見るまでもなく、歩実だとわかっていた。

「なんだ、原口か……」

いつものように憎まれ口をたたくが、歩実は頬をふくらませることはなかった。

「このところ、元気ないですね」

どうやら、俊也のことを心配しているらしい。

「そんなことないよ」

ぶっきらぼうに返すが、歩実は納得しない顔で見つめている。

一度だけという約束でセックスをした。そのことで、もうこれまでのような気さくな関係には戻れないと覚悟していた。

ところが、歩実は翌日からごく普通に接してきた。なにごともなかったように話しかけてきたり、パンケーキをおごれとねだったり、仕事の愚痴を言ったり、今までとなにひとつ変わらなかった。

最初はとまどったが、俊也もできれば以前のように接したいと思っていた。意識的に普通に受け答えするようにしているうちに、なんとなく以前のような雰囲気に戻っていた。

「どう見たって元気だろ」

空元気を出すが、歩実はもう聞いていない。それより、俊也が手にしている紙切れが気になるようだ。

「それ、なんですか？」

「これは――」

俊也が答える前に、歩実がすっと奪い取ってしまう。

「おい、まだ説明中だぞ」

「月間トップの賞状じゃないですか！」

歩実が紙をひろげて大きな声をあげる。瞳をキラキラ輝かせているが、俊也にとってはどうでもよかった。

「どうして、セロテープが貼ってあるんですか。それに皺くちゃじゃないですか」

「おまえには関係ない。いろいろあったんだよ」

つい口調が冷たくなってしまう。

また友理奈のことを思い出して胸が苦しくなる。

友理奈が出ていった朝、俊也が破り捨てた賞状がセロテープで補修されて、リビングのローテーブルに置いてあったのだ。

「さっき破ろうとしてませんでした？」

「いらなくなったんだ」

賞状については語りたくない。今は友理奈のことを考えたくなかった。

「どうしてですか。先輩、あんなにがんばってたのに」

「もうどうでもいいんだよ」

「だからって、破ることないじゃないですか」

歩実はしつこく質問をくり返す。俊也がどんなに冷たく突き放しても、めげることはなかった。

「うるさいやつだな。飯くらいゆっくり食わせろよ」

「さっきから食べてないじゃないですか」

そう言われて、失敗したと思う。サンドウィッチもお茶も、コンビニ袋に入ったままだった。

「こ、これから食うんだよ」

「ふうん……」

歩実が隣に腰かける。そして、俊也の横顔をじっと見つめた。

「先輩、ダイエット中ですか？」

「そんなことするかよ」

「でも、ずいぶん痩せましたよ」

歩実の言葉ではっとする。

そういえば、今朝スラックスを穿いたとき、ベルトの穴がひとつずれた。食欲が落ちて、この一週間で急激に痩せたのかもしれない。

「なにがあったんですか？」

歩実はただの興味本位で訊いているわけではない。本気で心配してくれているのがわかった。

「じつはさ、フラれちゃったんだよ」

わざと軽い口調で告げる。しんみりして同情されるのはいやだった。

「真剣に告白したけど、やっぱりダメだったよ。まあ、最初から勝ち目は薄かったんだけどさ……は、ははは」

笑い飛ばそうとするが、途中で虚しくなって黙りこんだ。

「それで、賞状を破ったんですね」

歩実は状況を悟ったらしい。俊也のことをよく観察しており、気持ちを誰よりも理解していた。

「いらないなら、わたしがもらっていいですか」

歩実はそう言うと、俊也の答えを待たずに賞状を丁寧に折りたたんでジャケットの内ポケットにしまった。

「これでもさ、本気で好きだったんだよ。なかなか忘れられないもんだな」

つい本音がポロリと漏れる。歩実が相手だと、なぜか自分をさらけ出せるから不思議だった。

「そうですよ。一度、人を好きになったら、そう簡単には忘れられないですよ」

歩実の言葉には説得力がある。

同じ立場にいるから、彼女の言葉は胸に響くのだろう。きっと俊也がなにも言わなくても、すべてお見通しに違いない。

「……年上じゃないと思いますよ」

歩実がぽつりとつぶやいた。

ふと見やると、なぜか歩実の顔はまっ赤になっている。しかし、俊也のことをまっすぐ見つめていた。

「先輩には年下が合ってると思います」

どうやら、まだあきらめていないらしい。そんな歩実のことが逞《たくま》しくもかわいらしいと心から思った。

「あの雲、パンケーキに似てるな」

俊也は空を見あげてつぶやいた。

ただの偶然とは思えない。先ほどまで晴れ渡っていたが、いつの間にか雲がひとつだけ浮かんでいた。

「パンケーキが食いたいな……誰か、つき合ってくれないかな」

俊也が最後まで言い終わる前に、隣で勢いよく手をあげる気配がした。

「はいっ、仕方ないからつき合ってあげます」

「おまえ、自分が食いたいだけだろ」

「えへへっ、ばれました？」

なにかいいことがあるかもしれない。歩実と話していると、心がどんどん軽くなっていくのがわかった。

（了）

＊本作品はフィクションです。作品内に登場する人名、地名、団体名等は実在のものとは関係ありません。

長編小説

おうちに未亡人《みぼうじん》

葉月奏太《はづきそうた》

2023年6月5日　初版第一刷発行

ブックデザイン……………………… 橋元浩明(sowhat.Inc.)

発行人……………………………………… 後藤明信
発行所…………………………………… 株式会社竹書房
〒102-0075　東京都千代田区三番町8－1
三番町東急ビル6F
email：info@takeshobo.co.jp
http://www.takeshobo.co.jp
印刷・製本………………………… 中央精版印刷株式会社

■定価はカバーに表示してあります。
■本書掲載の写真、イラスト、記事の無断転載を禁じます。
■落丁・乱丁があった場合は、furyo@takeshobo.co.jp までメールにてお問い合わせ下さい。
■本書は品質保持のため、予告なく変更や訂正を加える場合があります。